El Tramo

Jose Antonio Carmona Acosta

El Tramo

Dedicatoria

A la vida en tiempos de incertidumbre.

Índice

I

El Alba

Pipipiiií, pii, piiiii… Pipipiiií, pii, piiiii…

Suena el despertador.

Alba como todos los días entre semanas, incluido sábado. Despierta para ir a trabajar a su clínica veterinaria por culpa de ese maldito sonido que escucha una y otra vez en su cabeza todas las mañanas.

—¡Ya voy! ¡Ya voy! —exclamo Alba que apagaba el sonido infernal de la alarma.

—Pero no grites cariño —dijo su marido Aitor que dormía plácidamente junto ella—, ¿ya es hora de despertarse?

—Si cariño, despierta tú también, si no llegaras tarde al consultorio —respondió Alba metiéndole prisa a su marido, que trabaja en un consultorio en el pueblo como médico de cabecera.

—¿Qué hora es? —pregunto Aitor.

—La hora de levantarse Aitor —insistió Alba.

—Uff…cuando me llamas por mi nombre consigues que me ponga caliente —dijo Aitor.

—Tú te pones caliente con algo tan simple como el roce de una servilleta —dijo Alba que se intentaba levantar de la cama.

—No te vayas Alba, quédate conmigo —Aitor intentaba seducir a su mujer agarrándola de la cintura, con una voz sensual. Que no tendría éxito ni con una mujer de sesenta años virgen.

—A si solo conseguirás que te dé un bocado —dice Alba que aleja las manos de su marido de la cintura para levantarse de la cama.

—Es normal Alba que este así, desde que te quedaste preñada no hemos hecho nada —dijo Aitor que le reclamaba a su mujer un poco de cariño —. Al menos una <<paja>>.

Alba le mira de una forma desdeñosa, cuando está quitándose el pijama para quedarse en ropa interior.

—Mírate, estas igual de hermosa —piropea a su mujer al ver la mirada desafiante que le regalo Alba.

Alba sonríe.

—Viste, estoy a punto de parir y aun a si, parezco que estoy de tres meses —dice Alba tocándose la barriga, sabiendo que dentro de cinco días sale de cuenta.

—Tu siempre estarás guapa, con o sin barriga.

Alba se pone el pantalón y se acerca a su marido para darle un beso.

—Anda, no seas tonto, te espero en la cocina.

Alba vive junto con su marido en un pueblo de Almería, llamado Las Negras. Donde Aitor dedica su tiempo al trabajo, siendo medico en un consultorio que no le hace sentir realizado como persona. En cambio, Alba no tiene ese problema, tiene su propia clínica veterinaria donde disfruta de la compañía de lo que idolatra, los animales. Pero existe un inconveniente, que las facturas se amontona y la clínica en vez de dar dinero, lo que hace es perder más. Alba le agobia la situación, daría cualquier cosa por tener una vida más cómoda, pero con el sueldo mil <<eurista>> de su marido apenas pueden mantener la casa donde viven cerca de la playa.

Alba está en la cocina mirando por la ventana tomándose un café, sosteniendo una factura del alquiler de la clínica. Aitor se acerca a su mujer por la espalda para darle un abrazo.

—Viste amor el alba —Aitor observaba los primeros rayos de sol que nacían en el horizonte por encima del mar —. Tan hermoso como lo eres tú —Aitor le da un beso en el cuello a su mujer.

Pero Alba se mostraba fría, por la inquietud que tenia sobre ella, por los problemas económicos.

—No estoy de humor Aitor.

—Nunca estas de humor Alba.

—¿En qué mundo vives? —pregunta Alba—, eres consciente, que, si esta situación no evoluciona a mejor, tendré que cerrar mi clínica.

—No ocurrirá eso, le pondremos solución, siempre hemos salido adelante —dijo Aitor.

—¿Solución? ¿Cómo? Cuando el niño nazca será imposible mantener los gastos de la clínica.

—Buscare un segundo trabajo cuando salga del medio día del consultorio, ¿Qué te parece?

—¡Claro me <<comeré>> yo sola al niño! y se criara sin su padre en casa, eso no es la solución.

—¡Alba no se puede ser tan avariciosa! O es una cosa u otra, pero a veces en la vida no se puede tener todo —Aitor enciende un cigarro.

A Alba que no le gusta que la catalogue con esa palabra, decide cambiar de tema para no iniciar una discusión.

—¿Al final tu amigo Gabriel viene a Murcia con nosotros?

—Si, me dijo que vendría mañana.

Alba quiere tener a su hijo en un hospital de Murcia, donde su madre la tuvo a ella, pero antes tendrían que viajar mañana al pueblo de su madre, llamado Barqueras, en Murcia. Para quedarse todos en casa de su madre hasta que Alba se pusiera de parto.

—Espero que no llegue tarde tu amigo, mi madre ya nos estará esperando, desde que murió mi padre se siente sola —dijo, Alba.

—Si, debemos de estar allí antes de que <<rompas agua>>.

—¿Vendrá con su Mercedes Gabriel para restregarnos de que le sobra el dinero? —pregunto Alba.

—No, vendrá en autobús —Aitor le da una calada a su cigarro.

—Qué raro que no venga con su coche querido, no se separa de el ni cuando visita el baño para vaciar el esfínter —dijo Alba.

—¡Ja! Me dijo que ni muerto deja su coche solo en este pueblucho durante semanas —dijo Aitor—. Me declaro literalmente, que prefiere ir en nuestra tartana, antes de hacer esa imprudencia.

—No lo soporto, viene por que es tu amigo, ¡pero no lo aguanto! —exclamo Alba enfurruñándose—. Solo dejo que venga por que entiendo que quieras que este tu amigo de la infancia contigo en un momento tan especial.

En realidad, Aitor le tenía envidia a Gabriel, aunque sea su amigo de la infancia y fueran juntos a la universidad para estudiar medicina. A Gabriel le fue mucho mejor, ahora está trabajando en el hospital de Almería, mientras que Aitor se tiene que conformar con estar enjaulado en un consultorio de un pueblo alejado de la mano de dios con menos de cuatrocientos habitantes.

—No te voy a negar que a veces es insoportable —dijo Aitor recordando las veces que le restriega Gabriel el buen sueldo que tiene trabajando en el hospital—. Pero tampoco te voy a negar que lo tiene todo a su favor, es alto, rubio, con dinero, eso sí, un poco clasista, lo llevo aguantando toda mi vida —sonríe Aitor.

—Pues son muchos años de condena por aguantar a ese gilipollas —dice Alba. Los dos ríen olvidando un poco sus problemas con el dinero.

Aitor solo piensa en que hubiera sido de su vida si trabajara en el hospital como Gabriel, él quiere mucho a su mujer y a su futuro hijo, o hija, ya que no han querido saber el sexo del bebe. Pero es consciente que la vida que lleva Gabriel de soltero, a veces le hace pecar de pensamientos impuros, imaginándose su vida estando soltero sin dar explicación a nadie.

—No te dije, pero luego al medio día pasare por la tienda de Blanca para que me confirme lo que te dije el otro día —dijo Alba refiriéndose a la tienda de ropa de su amiga, su única amiga en el pueblo.

—¿Confirmar el que? —pregunto Aitor de malas ganas, ya que no le gustaba que se juntara con ella, piensa que Alba que tiene veintiocho años, se puede dejar influir por Blanca que tiene treinta años, dos años mayor que su mujer. Pero el motivo real de su preocupación viene de que Blanca tiene fama en el pueblo de ser algo ligera en irse con los maridos de otras mujeres.

—¡Recuerda! te dije que quizás ella vendría también con nosotros, me lo tiene que confirmar —Alba sabe que a su marido no le gusta que se junte con Blanca, pero es su única amiga, y se divierte mucho con su atrevido carácter, aunque fuese algo lujuriosa.

—Ya, entiendo —Aitor mira su reloj—. Me tengo que ir, si no llegare tarde al trabajo —cambia de tema y se levantó para agarrar de una silla, una pequeña maleta.

—Vale cariño que tengas un buen día, nos vemos esta tarde en casa —Alba salía de su trabajo por la tarde, mientras que su marido sale de trabajar a las tres de la tarde— Darme al menos un beso, anda tonto —Aitor se acercó a darle un beso a su mujer para luego salir por la puerta junto con su maleta.

Suena una música apoteósica en la casa de Gabriel a primera hora de la mañana.

—¡Dios mío! —exclama Gabriel que está esnifando una raya
de cocaína—. ¡Esto es la caña! —dijo refiriéndose a la cocaína,
no a la música. Sentado en su sofá de piel del salón desnudo.

—Ahora a afeitarme, y después de eso bajare al bar de mi
amigo Carlo, a ver que se cuenta ese granuja.

Gabriel se mete en el baño para afeitarse. Esta tan contento
porque ya no tiene que trabajar hasta que venga de Murcia de
acompañar a Aitor del parto de su mujer.

—¡A la mierda todo! —pilla con la uña de su dedo meñique
una pizca de cocaína para esnifar—. ¡Esto es vida! —exclamo
agarrando la maquinilla de afeitar.

Cuando acabo de afeitarse y vestirse, salió de su casa para
dirigirse al bar de su colega, que se ubicaba no muy lejos de
donde vive el. En la entrada del bar observa a un indigente co-
chambroso que anda sentado en el suelo. Gabriel le echa una
mirada despectiva al pobre hombre, que solo pedía algo para
poder desayunar. Una vez adentro del bar de su amigo, se dirigió a la esquina de la barra. Era su lado favorito por la luz que
penetraba por los ventanales, hace que disfrute aún más de la
lectura de la sección de deportes del periódico.

— ¡Carlo! ¿Cómo estas tío? —pregunto Gabriel al dueño del
bar.

—¡Vamos! ¡pero mira quien está aquí! ¡mi médico favorito!
estoy como siempre, <<tirando>> como un burro.

—Bueno, mejor ir tirando, a que te tiren, ja, ja, ja —ríe Gabriel—, ponme lo de siempre.

—Marchando un cortado.

Se acerca un conocido de Gabriel a la barra.

—¡Buenos días Gabriel!

—¡Anda! llevaba unos días sin verte por aquí por las mañanas Joaquín, ¿Dónde te has metido? —Gabriel se frotaba la nariz.

—¡El trabajo! que me tiene consumido con el turno de noche Gabriel —dijo el hombre con cara de cansancio—. Y tú, ¿Qué te cuentas?

—¡Pues como siempre perfectamente! —respondió Gabriel.

Carlo llegaba con el cortado para Gabriel.

—Aquí tienes amigo —dijo Carlo colocando el café encima de la barra—. ¿Te vas a Murcia como me comentaste?

—Si, mañana mismo agarro el autobús para ir al pueblo de Las Negras.

—Tu estas <<zumbado>>, ¿por qué no agarras tu Mercedes?

—Tiene miedo de que le ocurra algo a su niño —dijo Joaquín riéndose un poco de él.

—Ja, ja —dijo con sarcasmo Gabriel—. No dejo un coche tan caro solo, ese coche vale más que todas vuestras almas juntas, ja, ja, ja —se ríe al restregarle a los demás su dinero, con su comentario de persona altanera.

El indigente de la puerta entra adentro del bar para acercarse a la barra.

—Caballeros me podrían invitar, aunque sea a un café —el indigente se pone a toser al lado de Gabriel.

—¡Fuera de aquí! No moleste a los clientes —dijo Carlo.

—Por favor solo un euro para un café —insiste el indigente, que de nuevo toce en un pañuelo roñoso.

Gabriel observa que en el pañuelo hay un premolar manchado con un poco de sangre, haciendo que Gabriel se levantara del taburete.

—¡Te ha dicho que te marches! —le propina Gabriel un empujón al indigente, originando a que cayera de espalda.

—¡Tío tampoco te pases! —dijo Joaquín que ayuda a levantar al indigente.

—¡¿Pero no te da asco tocar a este sujeto?! —Gabriel aparte de ser clasista, también es bastante escrupuloso—. ¡Que busque trabajo! ¡y no viviendo como una sanguijuela de los demás!

Gabriel se <<calienta>> tanto que se marcha, abriendo las puertas dobles del bar con el antebrazo de mala maneras.

La amiga de Alba, Blanca, aún está en la cama despatarrada, dicho literalmente, no es una simple forma de hablar, como ella abre su tienda a las nueve y media, está dedicando el tiempo que le queda de cama en masturbarse, junto con la foto de su actor preferido de una novela turca.

—Mmm…—Blanca se sentía como en el Taj Mahal con su tercer ojo abierto—, ¡Oh si! ¡qué bueno estas!

Suena el móvil de Blanca con la melodía de la novela que protagoniza su víctima de sus deseos carnales. Blanca agarra el teléfono para intentar pulsar el maldito botón verde, pero con la agitación y el suspiro de un volcán cuando inicia su erupción, es todo un reto atinar.

—¡Creo…que…ya, puedo! —consigue pulsar el botón de la
pantalla de su teléfono—, ¿aló? ¡¿alooooooooó?! No me lo puedo creer, me han colgado cuando al fin he conseguido…

Blanca mira las llamadas perdida, viendo que era Alba.

—¡Me ha cortado todo el royo! ¡será puerca!

Vuelve a recibir la llamada de Alba, esta vez pulsa el dichoso icono verde, con forma de teléfono a la primera.

— ¡Buenos días dormilona! ¿¡cómo ha despertado mi prin-
cesa grande!? —dijo Alba, que disfrutaba a veces despertarla
por las mañanas.

—Pues me desperté, ¡de puta madre!, tanto que me dediqué
a tocarme, pero, ¡tú! monja puritana, pareces que hueles los or-
gasmos a kilómetros, como no los tienes tu, intentas evitar el de
los demás, ¡perra! — bromeaba Blanca—. Eres una cazadora or-
gástica de cuidado.

Inician a reírse las dos.

—Fuera de bromas, te llamaba para preguntarte algo, ¿quieres ir a comer conmigo luego al medio día? ¿después de que cie-
rres la tienda? —pregunto Alba a su amiga—. Yo después de
comer volveré a la clínica.

—Claro comeremos algo —afirmo Blanca—. ¿tu volverás a
la clínica a trabajar? ¡Estas apunto de parir <<tia>>! ¡relájate ya
un poco!

—Ese es el motivo del porque sigo trabajando, por que viene pronto alguien a sumarse a nuestras deudas… —dijo desanimada Alba—. Cambiando de tema, luego hablaremos lo de
mañana, y me confirmas.

—Que si… —Blanca no logro acabar la frase.

—¡No me digas nada! Prefiero no llevarme una mala noticia y estar disgustada durante todo el día —dijo Alba.

—Ja, ja, ja, ¡estas como una <<cabra montesa>>! —dice Blanca colocándose bien la ropa interior.

—Bueno, ¡levántate vaga! que ya mismo tienes que abrir la tienda, yo ya salgo de la casa para ir a la clínica.

—Vale, ¡besitos mi cosa bella! ¡preciosa! ¡Ay que te como!

—Luego soy yo la <<cabra>>, ja, ja, ja, ¡hasta luego corazón!

Las chicas se despidieron.

Blanca se levantó a acercarse al armario, le gustaba vestir con jersey escotados, contra más se le viera el escote mejor. Para eso tenía unos buenos pechos, para presumir de ellos, no para esconderlos como hace su amiga Alba. Aunque no los tuviera tan exuberante como ella, podría presumir de ellos perfectamente.

<<A ver qué ropa interior me pongo>> pensó, Blanca.

Metiendo la mano en la balda superior buscando al azar un tanga que le gustara, encontró su <<pequeño>> juguete erótico de veintiún centímetros.

—¡Anda! Que bien me habrías venido hace un rato tu.

Soltó el consolador de nuevo en su sitio y agarro un tanga de encajes que a ella le gustaba. Blanca, aunque fuera extrovertida y lanzada en la vida, no tuvo una infancia muy fácil, a corta edad tuvo que dejar el instituto, por causa del bullying.

Su rostro lleno de granos como un campo de minas, y su pequeño problema de obesidad, estimulaba la actitud burlesca de los más <<listos>> de la clase. Cosa, que ella no pudo aguantar por mucho tiempo, dejando de ir al instituto sin sacarse la ESO. Ahora ella está menos gruesa. Pero cada vez que se mira al espejo y ve en su rostro las marcas de sus pretéritos forúnculos, recuerda aun en su cabeza las risotadas de los niños señalándole con el dedo cuando se sentaba al final de clase.

—Me voy a meter en la ducha, voy a ponerme guapa, y voy abrir la tienda, ¡yu-hu! —dijo con <<entusiasmo>>.

Cuando se puso delante del espejo desnuda, se fijó en las lorzas de su cintura.

—¡Esto me lo tengo que quitar como sea! —se agarraba sus carnes—. No entiendo, ¡si apenas como ya!

Observa a través del espejo algo de sangre en su muslo.

—¡Bravo! ¡me bajo la regla! —lo dice con gran alegría—. Ese imbécil no me dejo preñada.

Blanca se alegraba por que hace como dos meses, estuvo con el marido de alguien, por la situación y sobre todo por lo ansiosa que estaba de tener sexo, no usaron ningún tipo de protección.

<<Solo de imaginarme que ese tío me había dejado preñada en la casa de juguete de sus niños, en el patio trasero, me estaba matando la duda>> se dijo a sí misma, Blanca.

Inicio a ducharse, para luego, después de terminar, salir y colocarse un tampón.

— ¡Ea! ¡ya está la madriguera tapada! —se daba con la palma de su mano en sus partes íntimas—. ¡Quien me escuchara! ¡pensarían que estoy loca! ¡ja, ja, ja!

Cuando acabo de acicalarse, se dirige a la cocina para desayunar lo que suele comer siempre antes de irse a su trabajo, un café con una tostada de pan integral, ¡y sin faltar su chorreón de aceite de oliva!

Blanca mira el reloj de la pared de la cocina.

—Voy a darme prisa en desayunar, tengo que abrir la tienda dentro de poco —dijo, sin apenas entenderse nada, por tener la boca llena.

Trago Blanca.

—¡Hoy es el último día que abro al menos! ya mañana me iré a acompañar a Alba a Murcia. —resoplaba.

<<Hasta que no vuelva, no querré saber nada sobre la tienda de ropa, pero aún me toca pasar hoy la mañana en la tienda trabajando>> pensó, Blanca. Terminando su desayuno.

Luego ella agarro su chaqueta vaquera, ya que por las mañanas cerca de la playa refrescaba bastante, pero nunca renunciaba a un buen jersey con su escote, aunque diluviara o hiciera un frio extremo en invierno. Salió por la puerta de su casa, para ir de camino a su trabajo.

Aitor se encuentra sentado tras su escritorio de su consulta, la típica consulta de consultorio de pueblo, con una luz blanca que aparenta venir del mas <<allá>>. Con su silla, con el relleno casi inexistente por motivo de todos los culos que llegaron a sentarse durante años.

—Cuentame, ¿Qué le ocurre? —pregunto, Aitor. A una anciana que su mayor problema de salud era el aburrimiento.

—Pues mira, tengo un dolor aquí atrás de la cintura, que a veces ni dormir puedo —la anciana intentaba tocarse la cadera sin llegar con sus brazos corto.

—Bueno, siéntate en la camilla (una camilla que la recubría simplemente papel desechable).

La mujer se sento en la camilla con un poco de aprieto.

—A ver, déjame que te toque —Aitor, con sus manos manipulaba la cadera de la señorita mayor, que apenas se inmutaba—. Esta todo correcto Julia, ya puede sentarse de nuevo en la silla.

—No, no, tu mándame algo para el dolor, hijo —dijo Julia.

Aitor se quedo mirando a la señora, y pensó:

<<Le mandare algo para que se calle y se marche ya>>

—Si, claro, te voy a mandar esto y tome usted mucha agua, ¿vale?

La mujer mayor ya se sentía mas satisfecha, aun que solo le mandara un multivitamínico y tomar mucha agua.

—Gracias doctor, muchísimas gracias —dijo, mientras salia de la consulta.

Aitor un poco agobiado y frustado por el trabajo decide salir de la consulta para ir al baño. Cuando sale por la puerta se encuentra con todos los pacientes mirándole.

—Ahora vuelvo —dijo Aitor.

Los que esperaban se quejaban, por que muy a menudo para evadirse Aitor de su trabajo salia al baño, o, a tomar simplemente un café.

—Este medico cada dia me gusta menos, siempre nos hace esperar —se quejaban los pacientes que esperaban.

Aitor le importaba un <<pepino>> lo que dijeran, el se fue al baño para orinar.

—<<Guste a quien le guste, y a quien no, que se disguste>> —solto una rima mientras se dirigía al baño, escuchando las quejas de fondo.

Una vez adentro del baño se dispuso a mear.

Suena el típico chorreon de <<meado>> caliente, impactando contra el fondo del urinario.

—<<Tengo que llamar a Gabriel ahora que recuerdo>>. —pensó Aitor—. Espero que ese desgraciado con suerte, no me deje solo con mi mujer y con Blanca —dijo en voz alta.

Cuando termino, salió del baño sin lavarse las manos, para ir a meterse de nuevo entre esas cuatros paredes que se convertia de lunes a viernes, durante ocho horas, su cárcel. Pero saliendo del baño se encontró con un niño, apenas de doce años, acompañando a su padre borracho que apenas se podía mantener en pie.

<<Maldito alcohol, cuantas familias destruye por completo>> pensó, Aitor.

Aitor recordó su infancia. Sobre todo, los problemas de sus padres con el alcohol y las drogas. Por eso mismo Aitor no puede ni olerlas, le causa nauseas. Y menos aun consumiría droga.

A veces cuando los padres discutían, salia corriendo bajo la cama. Tapandose los oidos para escuchar lo menos posible como sus padres se insultaban y se tiraban cosas a la cabeza.

Alba esta en su rutina matunina de todos los días, convi-
viendo y mimando sus pacientes, que, en este caso, son animales. Tiene una clínica veterinaria no muy grande, pero lo
suficiente para tratar a los animales. Con apenas tres salas, la sala de espera, la sala donde deja los animales enjaulado para su
observación y la sala donde puede operar o hacer radiografias si
fuera necesario. Estando ella sola como responsable de todo, ya
que no se puede costear el contratar a una ayudante. En ese
momento Alba esta tratando un gato, con problemas intestina-
les (en otras palabras, <<se cagaba por las patas abajo>>). Su
dueña estaba preocupada, por que apenas comia su <<minino>>,
el pienso compuesto que Alba le mando la primera vez que la
visito.

—¿Le diste el pienso que te mande? —pregunto Alba.

—No funciona para nada lo que me mandaste, los primeros
días se lo di, pero apenas comia, entonces, claro, le preparé comida yo —respondio, la mujer, como si la culpable fuera Alba.

—A ver, señora, te dije que le dieras solo de ese pienso, si le
das comida preparada por ti, el animal se pondrá malo —dijo
Alba.

Pero la mujer no estaba muy convencida de ello.

—El gato esta con diarrea por culpa de ese pienso, de toda
la vida a los animales se le ha dado de todo —dice la señora colocándose bien sus gafas.

Alba que no tenia mucha paciencia, le contesto:

—¡Si veniste con el gato teniendo diarrea! ¡antes de mandar-
te el pienso! ¿¡como va a ser el pienso!? —exclamo, Alba.

La mujer, que ya era mayor, se quedo callada, mientras que otra clienta que venia con su canario (un pájaro de color amarillo), observaba con gran interes la discusión en el mostrador de la clínica.

—Te voy a mandar algo para que se le corte la diarrea. Darselo tres veces al dia, cada ocho horas, ¿ok? —dijo Alba—. Y darle el pienso que te mande, ¡porfavor!

—Pero…

—Pero nada, tu haz lo que te digo, veras como se pondrá bien en una semana.

El carácter fuerte de Alba, amanso a la señora, que, sin rechistar, pago a Alba. Para luego irse de la clínica con su gato en un pequeño transportin.

Alba vio como se marchaba esa señora, pensó:

<<De verdad que hay mas animales de dos patas que de cuatro>>.

La mujer del canario se acerco al motrador, pero algo irrumpia en la sala de espera. Una mujer que venia con su perro, que acababa de ser atropellado por un coche.

—¡Por favor ayúdame! ¡mi perro acaba de ser atropellado! ¡ayudarlo! —la mujer estaba llorando, mientras sostenia a su perro mas herido en una pata entre sus brazos.

Alba nunca tuvo que atender algo tan grave en el pueblo, habia atropellos, pero casi siempre morían al instante. Eso provoco en ella un gran nerviosismo, ya que esta sola en la clínica, y quizá necesitaría ayuda.

—¡Ok, ok! Vamos a meterlo en el quirófano, necesita ser operado de urgencia —dijo, Alba, agarrando el perro manchándose de sangre la bata.

Alba se dispuso primero a ponerle la anestecia, para dejarlo dormido, y cubrió la herida para entaponar la hemorragia. Luego acondiciono una pequeña mesa, donde se hacia las radiografia. Cuando observo la fractura. Coloco al perro esta vez en la mesa de operaciones.

<<Tu puedes>> pensó, Alba.

Cuarenta minutos después.

Alba salió de la sala de quirófano. La dueña del perro se acerdo al mostrador.

—¡Dime! ¡dime! ¿esta bien? —pregunto, la mujer, con los ojos llorosos—, ¡por dios que este vivo!

—Tranquila, tu perro esta estable —respondio, Alba.

—¡Gracias! ¡gracias! —besaba a Alba, agradecida.

La mujer se echo a llorar de lo alegre que estaba. Y la mujer del canario aplaudia acercándose también al mostrador. Alba se sento, le temblaba las manos de la tensión acumulada. A la clínica, llego un hombre, con su hija y su conejo, que se sentaron en frente del mostrador. Mientras que la dueña del perro y la del canario estaban hablandole a Alba. Ell se quedo embobada, mirando al hombre como ponía su mano en el muslo de su hija.

—¿Alba? ¡¿Alba?! —llamo a gritos la dueña del canario a Alba.

—Dime, dime, perdón, me quede alelada —se excuso, Alba.

—La mujer del perro se ha despedido de ti, pero estabas como hipnotizada —dijo la dueña del canario—. ¿Estas bien?

—Si, solo estaba distraída —dijo, Alba, que miraba a ese padre con su niña, transportándola a unos recuerdos del pasado poco agradables.

Gabriel después del problema en el bar, se fue a desahogarse al gimnasio, que el siempre suele ir cada vez que puede. Un gimnasio con todos sus servicios de lujo, jacuzzi, pista de pádel, piscina. Comodidades, que solo unos pocos se podían permitir, ya que vale unos ciento cincuenta al mes. Cuando entra Gabriel al vestuario, se encuentra con un conocido. Que tiene algo para él.

—¡Guillermo, <<tío>>! ¿tienes eso para mí? —grita Gabriel sin <<cortarse un pelo>>.

—¡Shh! ¡calla! —Guillermo, manda a callar a Gabriel—. ¿Qué quieres meterme en un lio?

—¡Anda! Déjate de bobada y pínchame ya eso —se refería Gabriel a un esteroide. Que cada mes se inyectaba, para tener una forma más <<brutal>>, como él dice.

Otra persona que estaba en el vestuario escucho la conversación y se acercó a ellos.

—¿Esa <<mierda>> te metes? Mírame a mí, soy natural cien por cien —dijo, el desconocido vigoréxico, mostrando sus bíceps.

Gabriel que estaba <<hasta los ojos>> de cocaína, se sintió ofendido, por el comentario.

—¿Quien ha pedido tu opinión? ¡fuera de aquí! —exclamo Gabriel.

—Eso es de <<mierdecillas>> pijos como tú. Que quieren conseguir las cosas tan rápido como de pequeño, cuando tus papis te compraban todo, ja, ja, ja.

<< ¿Que sabe este tío de mi vida?>> pensó, Gabriel.

Gabriel, aunque fue un chico que nunca le falto de nada, su padre le exigía el cien por cien, siempre. Cuando suspendía alguna asignatura, o algo no se hace de la forma como el padre quisiera, le pegaba. En cambio, su madre era sumisa, solo miraba y callaba, mientras que su padre le daba palizas a su hijo, ella ni se inmutaba. No quería ser la siguiente, su miedo, conseguía paralizarla.

Guillermo, que presentía, que Gabriel por su estado estaba <<puesto>> de cocaína. Quiso meterse de por medio.

—Bueno, vamos a relajarnos, tu vete a la sala —dijo, Guillermo al desconocido—, y tu cálmate Gabriel.

—¡Venga! Hasta luego, niño pijo, ja, ja, ja —reía, el desconocido, cuando estaba saliendo del vestuario.

—¡Vete a <<tomar por culo>>! —dijo, Gabriel, haciéndole un corte de manga.

Guillermo saco una jeringuilla, con un bote de Dianabol (methandrostenolona), para inyectárselo a Gabriel.

—Ignóralo, es un idiota —dice, Guillermo, que prepara Dianabol mezclándolo con otra sustancia química—. Pero en algo tiene razón, deberías dejar de consumir droga (Guillermo no solo se refería a los anabolizantes), eso te va a matar.

—¡Calla anda! ¡y pincha! —exclamo, Gabriel, evadiendo el tema—. Yo lo tengo controlado, soy un <<hacha>>.

—Tu vera, yo solo te aconsejo como amigo, eres médico. Tú sabes mejor que nadie los efectos de la cocaína y los esteroides —aconsejo, Guillermo a Gabriel.

—¡Joder <<tío>>! Es irónico, por que tu vendes estas cosas, y ahora me dices que me cuide, ja, ja, ja —dice Gabriel, riéndose, mientras se bajaba un poco el pantalón, para mostrar sus nalgas.

Guillermo le convenio callarse, y le inyecto el producto químico.

Una vez que acabaron, Gabriel salió a la sala de musculación, a hacer su rutina de ejercicio. Pero en el fondo de la sala ve a una mujer que conoce muy bien. Amanda, una joven de veintiún años. Que, cada vez que Gabriel quiere, ella está dispuesta a acostarse con él. Gabriel que tenía ganas de divertirse y celebrar por todo lo alto que tenía vacaciones, quiso intentar para ver si <<entraba al trapo>>.

Gabriel se acercó a ella, y dijo:

—¡Mira! ¡a quien tenemos aquí! ¡mi muñeca preferida! —dice, Gabriel dándole una palmada en el culo—. ¿Cómo estas reinas?

Ella, se muerde los labios.

—¡Muy bien guapo! ¿y tú? —pregunto, Amanda.

—¡Pues bien! ¡oye! ¿necesitas que tu medico te haga de nuevo una visita, donde, tu ya sabes? Ja, ja, ja —dijo, bromeando Gabriel, pero con una indirecta, muy directa.

—Mmm… déjame que lo piense —Amanda pone su dedo índice en sus labios—. Si.

<<Ya la tengo de nuevo en el `bote´>> pensó, Gabriel.

—Entonces, espérame a la salida. Vamos a mi casa a comer —dijo, Gabriel.

—¡Vale! cuando acabemos quedamos en la entrada, no vayas a tardar ¡eh! —dijo, Amanda con voz de colegiala.

Con las ganas que tenía Gabriel, de estar con Amanda, aunque nunca le faltara una mujer dispuesta a estar con él en una cama. No tardo más de cuarenta minutos en hacer su rutina, para encontrarse de nuevo con ella en la entrada del gimnasio.

—¡Bueno reina! Ya mismo es hora de comer, vamos a mi casa ¿verdad? —pregunto, Gabriel.

—¡Si! ¡claro! Pero voy a llamar a mis padres, para decirle que me quedo a comer en casa de una amiga —contesto Amanda—. Pero no perdamos el tiempo, vayamos de camino. ¿Dónde tienes el Mercedes?

—Aquí en frente, tu sígueme —respondió Gabriel.

Mientras se montaron en el coche, para dirigirse a la casa de Gabriel, Amanda llamo a sus padres. Poniéndole la excusa típica de una adolescente. Después, de unos minutos conduciendo, llegaron a la casa de Gabriel.

—Ya estamos de nuevo aquí, Reina —Gabriel tenía la costumbre de llamar a todas las mujeres reina, de esa forma no tendría que recordar sus nombres—. ¿Vamos directamente al <<postre>>?

—¡Qué bien me conoces! —exclamo, Amanda.

<<De cintura para abajo>> pensó, Gabriel.

Una vez que entra, Gabriel alza a Amanda, para subirla a la habitación. Para luego tirarla encima de la cama, e inician a besarse, mientras que se acarician. El, con agresividad, empieza a quitarle la ropa.

—¡Para! más despacio Gabriel —dijo, Amanda.

Pero Gabriel, se sentía como un dios (posiblemente por la dosis de cocaína que recorría a sus anchas por su sangre). Se quito su ropa el también, y el, le agarro de la cintura para poder quitarle del todo su ropa interior.

—Relájate Gabriel, no seas tan brusco —dijo, Amanda con timidez.

Gabriel se acercó a susurrarle al oído, y le dijo:

—¡Calla puta! ¡hoy eres mía!

El la agarro de la cintura, poniéndola boca abajo. Introduciéndole el pene por la vagina de Amanda, dándole enérgicamente.

—¡Oh si! ¡¿te gusta <<perra>>?! —grito, el, sujetándola de los pelos.

Gabriel empezó a venirle a la mente, el idiota del gimnasio. Enfureciéndose cada vez más, aumentando su agresividad con Amanda.

—¡Gabriel para! ¡me estás haciendo daño! —grito, Amanda asustada.

De nuevo la agarro para ponerla boca arriba, para seguir penetrándola. Pero esta vez la agarraba del cuello. Recordando cuando su padre le pegaba con la correa.

—¡Nadie sabe de mi vida! ¡nadie tiene derecho de hablar de ella! —gritaba, delirando, sin darse cuenta que estaba asfixiando a Amanda con sus grandes manos.

—Me estas asfixiando… —decía, Amanda. Que apenas, podía decir una palabra— ¡Gabriel!

Amanda, como pudo, le agarro de los testículos. Apretándole como si estuviera exprimiendo una esponja de baño.

—¡Puta! —grito, Gabriel. Que continuamente le propino una <<guantada>> a Amanda.

Gabriel la soltó, y ella se agazapo en la cama tapándose con la almohada.

—¡Vete de aquí! ¡fuera! —clamo Gabriel.

—¡Este tío está loco! ¡eres un maldito, hijo de la gran puta! ¡puto misógino de mierda!

Amanda se viste tan rápido como puede, para salir corriendo y llorando, de la casa de Gabriel. El, en cambio, se queda tumbado en la cama. Con su pene aun erecto, y manchado con un poco de sangre, proveniente de la vagina de Amanda.

El contemplo su pene, y en lo único que pensó:

<<Vaya mierda, me quede con gana de más>>.

Comienza a sonar su teléfono móvil.

Gabriel agarra de su pantalón, que está en el suelo, su teléfono móvil.

—¡Anda, pero si es, este cabezón! (refiriéndose a Aitor).

Gabriel, contesto a la llamada.

—Cuéntame mi gran querido amigo —dice Gabriel.

—¿Ya estas colocado? Todos tus días son sábados, por lo que veo —respondió Aitor—. Te llamaba para que me confirme si vendrás mañana. No me digas que no.

—¡Que sí! ustedes recogerme en la parada de autobús —respondió Gabriel—. ¿Solo vamos los tres?

—Creo que vendrá una amiga de mi mujer, Blanca —dijo con duda Aitor.

—¿Esta buena? —pregunta, con curiosidad Gabriel.

—No creo, que sea de tu tipo —respondió Aitor.

—Si tiene un buen agujero entre las piernas, y tetas, créeme, es mi tipo.

—Nunca cambias, ¡eh! —dice Aitor reprochando la actitud de Gabriel.

—Eso espero, ja, ja, ja —ríe, Gabriel—, ¡si un día lo hago mátame! ¡ja, ja, ja!

Aitor, no le gustaba la actitud de su amigo, pero, era su amigo. Muchas veces le ayudo cuando estuvo en algún aprieto. Aparte, era consciente que su amigo estaba teniendo problemas por culpa de sus vicios. Cosa, que le recordaba a sus padres. Era lo único que no envidiaba de Gabriel. Sus malos hábitos.

En la clínica veterinaria de Alba, no quedaba nadie para atender. Fue un día duro para ella, así que cerro un poco antes. Para ir a la tienda de su amiga Blanca. Que quedo con ella para comer.

Ding, dong, ding…

Suena el avisador de presencia de la entrada, en la tienda de Blanca.

—¡Ay! ¡si está aquí mi amorcito! —corre Blanca a besar a Alba—. ¡Que pronto llegaste!

—Aquí vengo para irnos a comer, <<puti>> —dijo, Alba, de forma cariñosa—, Que no tenía más clientas y cerré antes.

—Vale, pues como hoy, la tienda está muerta. Cierro, y salimos a comer, o zorrear, lo que surja, ja, ja, ja —bromeaba Blanca.

Las dos van a un bar cercano. El típico bar de pueblo, con mesas algo antiguas y sillas de plástico, con el dueño del bar vociferando a los cuatros vientos. Una vez que se sentaron empezaron a hablar de diferentes temas, pero Alba saco el tema que le interesaba.

—Entonces… ¿Vendrás con nosotros a Murcia? Para… —Alba, se tocaba la tripa—. No me puedes fallar.

—Yo te iba a decir por teléfono que si ¡loca! ¡que estas loca! Pero no me dejaste acabar la frase —dijo, Blanca.

—¡Muchas gracias! ¡mi gordita! Pensé que me quedaría sola con mi marido, y el gilipolla de su amigo Gabriel —dice, aliviada Alba.

—¡Uy! Escuche amigo, ¿está bueno? ¿tiene dinero? ¡Y lo más importante! ¿Cuánto le mide? —dice, Blanca. En un tono humorístico.

—Si yo te veo, algún día con ese <<tipo>>, te juro, que dejamos de ser amiga, ja, ja, ja —Alba, lo dijo bromeando. Pero en su interior jamás querría ver a su amiga con ese prepotente.

Blanca quiso preguntarle como llevaba el embarazo.

—El embarazo ¿Qué tal? Estarás deseando de soltar ya el <<paquete>> ¿verdad? —pregunto, Blanca.

—Por la barriga lo llevo bien, pensé que me pondría bastante más gorda. En cambio, lo que peor llevo es la preocupación de la clínica y el dinero —dice, Alba entristecida—. Seguro, que me toca cerrar la clínica.

—Eso te pasa por estar con un muerto de hambre como Aitor.

—No es eso, el hace todo lo que puede, aunque, no es…

—¿Suficiente? —termino la frase, Blanca.

—Si…

Las chicas comieron. Luego se despidieron, quedando a la mañana siguiente para viajar a Murcia-Barqueros. Un viaje de doscientos kilómetros. Llegarían a la casa de su madre en apenas dos horas (circulando por la A-7).

Aitor, después de su jornada de trabajo en el consultorio, llego a su casa. Para calentarse un plato de alubia enlatada, en el microonda. Cuando acaba de comer, se enciende un cigarrillo de tabaco de liar (ya que sale más barato), que se prepara el mismo.

<<Asco de vida>> pensó, Aitor. Dándole una calada al cigarro. Ese cigarro, le recordaba su mala situación económica.

Una vez consumido el cigarro, se <<tiro>> al sofá, para descansar un rato. Pero se quedó mirando al techo, pensando en ese chico con su padre borracho.

<<Aun me acuerdo, como mis padres se pegaban cuando llegaban borrachos. A veces sin motivos, yo solo podía salir corriendo a mi habitación, esconderme en el armario o bajo la cama, y rezar de que no se mataran. Al menos ahora están muertos, ya descansan en paz. Mi padre de un cáncer, recién entrando, yo, en la universidad. Y mi madre, con apenas veinticuatro años que tenía yo, se provocó, por culpa del alcohol, una hemorragia interna, por las ulceras, que perforaron todo su estómago… Me tuve que pagar yo solo mis estudios, viviendo en un piso compartido con personas de otros países, que, entre semana, trabajaban de internos. Por qué ni un techo me dejaron como herencia, solo mis manos vacías>> pensó, Aitor. Que se quedó dormido en el sofá, recordando su desastrosa vida.

Principia un ruido en la puerta de la calle, abriéndose, con un pequeño chirrido, que hace despertar a Aitor.

—Aaaaaa… —bostezaba Aitor, estirándose en el sofá—. ¿Eres tú cariño?

Efectivamente era Alba.

—¿Te quedaste dormido? —pregunto Alba.

—Si… —contesto, Aitor—, ¿pero qué hora es?

—Pues hora de cenar e irse a la cama gandul —Alba, le reprochaba incluso que durmiera. Cuando ella se mataba a trabajar por las tardes.

—Tranquila, tranquila. Ahora yo preparo la cena —dijo Aitor, que se levantaba del sofá, para ir al baño—. <<Que se ha

creído, ¿ahora no puedo dormir en mi propia casa?>> —pensó,
Jairo, molesto con su mujer.

La convivencia entre el matrimonio, estaba demasiado ten-
sa. Pero los dos pensaban que sería por la opresión, por el asun-
to del dinero. Y por él bebe que estaba de camino.

Aitor preparo la cena, una tortilla francesa, que era perfecto
para cenar. Los dos se sentaron en el salón para cenar, mirando
el plato, sin mirarse.

Aitor fue el primero en mirarla, y pensó:

<<No entiendo por qué estamos mal. Vale, tenemos proble-
mas de dinero, pero yo soy positivo. Si nos apoyamos, saldremos adelante. O, será verdad eso de: `Cuando el dinero sale por
la puerta, el amor salta por la ventana´>>

—¿Cómo te fue el día? —pregunto Alba—. Hoy, fue la primera vez que opere a un perro. Salió todo bien —dijo, orgullosa
Alba.

—Me alegro por ti cariño —respondió Aitor, que tenía ganas de terminar de comer, para irse a dormir—. Mi día fue como
siempre, muchos mayores buscando la <<cura al aburrimien-
to>>.

—Ja, ja, ja —ríe, Alba—. Por cierto, ¿llamaste a Gabriel.

—Si, por eso no te preocupes, mañana lo recogemos en la
parada del bus —confirmo, Aitor—, Después de recogerlo, bus-
caremos a Blanca. Porque ella al final viene ¿verdad? —Aitor,
tenía esperanza de que no viniera.

—Si, sí que viene, estuve comiendo con ella, y me lo confirmo.

—Que bien —contesto el, desganado.

<<Ya podría quedarse la gorda en su casa>> pensó, Aitor.

El matrimonio, cuando terminaron de cenar, fueron a la cama a dormir. Mañana sería un gran día para Alba, por que vería a su madre, después de tanto tiempo sin verla. Aparte, está ansiosa de parir al bebe que lleva dentro, aunque eso conlleve cerrar su clínica.

II

Un Destino

—Despierta tesoro —Aitor le tocaba el trasero a su mujer—. Que nos tenemos que preparar para irnos ya.

Eran las nueve de la mañana.

—Mmm…déjame dormir un poco más —dice Alba, que intentaba alejar a su marido, de su cuello—. Ya, para, que…

Aitor inicia a bajarle el pijama y las braguitas a su mujer, para tocar en sus partes íntimas para excitarla.

—Umm… —gemía, Alba, mordiéndose el labio—. Bueno, uno <<rapidito>>.

<<No me lo puedo creer, después de tanto tiempo, ¡al fin voy a desahogarme como dios manda!>> pensó, Aitor. Que tenía ya su pijama y bóxer, bajado hasta las rodillas.

Todo parece perfecto, hoy, Alba vería a su madre, y Aitor, <<mojo el churro en taza, de chocolate caliente>>. No podría ser mejor inicio de un viernes. Afuera en la calle, el viento corre helado. con el cielo encapotado, como si fuera a llover.

Después de unos minutos, <<descargando tensiones>>. El matrimonio sale a la cocina, para prepararse el desayuno. La cara de Alba brilla en un tono a orgasmo. Pero Aitor, no solo que le brillara su rostro, si no que su sonrisa podría quitarle el puesto a cualquier payaso de circo, y sin ser maquillado.

—Cariño, ¿qué quieres para desayunar? —pregunto Aitor.

—Prepárame amor, una tostada con tomate y un <<cafelito>>, anda —Alba estaba más cariñosa con Aitor, que de costumbre.

Aitor le preparo a su mujer el desayuno, y el simplemente se preparó un café bien cargado para estar despabilado, para conducir en el viaje.

—¿Qué te ha parecido cariño? —pregunto, Aitor. Que acto después le dio un sorbo a su café.

—¿Que me ha parecido? ¿el que? —respondió, Alba. Que no tenía idea a que se refería.

—Pues…pues… ya sabes, lo que hicimos hace un rato —respondió, Aitor.

—¡Ah! ¡te refiere a lo de <<follar>>!

Aitor escupe el café.

—¡Que bestia! ¡tú no eres a si! —Aitor culpaba de su vocabulario a Blanca, que era la grosería personificada—. Todo lo malo de tu amiga, se adhiere a ti, ¡eh!

—Ja, ja, que gracioso —dijo, Alba. Con bastante sarcasmo—, No todos somos tan finos como tú.

Alba, encogió los hombros.

Cuando terminaron, de desayunar. Aitor agarro de su garaje su coche, un Opel Calibra. Se lo compro de segunda mano, y desde entonces, no ha vuelto a comprar ninguno. El coche tiene más arreglo que una atracción de feria. Pero el, le tiene un cariño increíble.

Aitor mete las maletas en el maletero. En ese momento aparece Alba ya lista por la puerta de la casa.

—¡Dios mío! ¡mándale un rayo a este coche! —dijo, Alba. Mirando al cielo, y levantando las manos.

—Oye, que graciosa te estas volviendo, ja, ja —dice, Aitor. Que intentaba meter la maleta de una forma ordenada. Ya que tendría que caber la maleta de Gabriel y Blanca—. Este coche esta como nuevo, pongas, como te pongas.

No estaba del todo equivocado Aitor. El coche de motor estaba bien, pero las fundas del interior, tenia <<pinta>> de haber pasado una manada de gatos salvajes en celo. Montándose una orgia en los asientos trasero del coche. Eso sin contar que el aire acondicionado no funcionaba, y la radio…bueno, la radio se la robaron en la entrada de un mercadillo, típico, de ropa barata, que ponen todos los jueves en los pueblos.

—Y… ¿la pintura qué? Si viniera un experto en parapsicología. Seguro que en el chasis del coche vería como mínimo, alguna cara de Belmez.

—¡Ya vale! —exclamo, Aitor—. Móntate en el coche. Que nos vamos a buscar a Gabriel.

—¡Que ilusión! —dice, Alba. Con ironía.

Alba miro la puerta de la casa, por si estaba bien cerrada.

—Uno, dos, tres…uno, dos, tres…uno, dos, tres —dice, Alba. Que empujaba la puerta una y otra vez.

Aitor, que la miraba apoyado en la puerta del conductor, le dice:

—Que bien te lo pasas con tu toc (Trastorno obsesivo compulsivo), ja, ja, ja —Aitor, se cachondeaba de su mujer.

—¡Tu ríete! ¡imbécil! Pero no puedo evitarlo —dijo, Alba. Que se dirigió a la puerta del copiloto para montarse.

Una vez montado en el coche, fueron a la parada de autobús a esperar a Gabriel. Dejando el coche aparcado en doble fila, con las luces de emergencia puesta. Ya que no le apetecían bajar por el frio que estaba haciendo en ese momento.

Diez minutos después.

—Gabriel no va a venir —intuye, Alba—. Que irresponsable es siempre. Yo no sé cómo pudo llegar a ser médico. No se parece en nada a ti, ¿cómo sigues quedando a con el? —pregunto Alba.

—Tu tampoco te pareces a Blanca, ¿o sí? —respondió, Aitor. Insinuando, si es igual de <<ligerita>> como su amiga—. Es mi amigo, seguro que viene. Quizás se atrasó el autobús.

Alba iba a responder de mala manera a su marido. Pero justo en ese instante, recibe la llamada de Blanca.

—Es Blanca —dice, Alba.

—Pues cógelo, a ver que quiere tu amiga del alma —dijo, Aitor. Con sarcasmo.

Alba, agarra la llamada de Blanca.

—¡Mi amor! ¿¡donde andas!? —pregunto, Alba.

Aitor hace muecas, mientras Alba, habla por teléfono.

—¡¿<<Tía>> donde andas?! ¡que ya estoy aquí esperando a que vengáis, en la puerta de mi casa! —gritaba tan fuerte, Blanca. Que casi se podía escuchar sin necesidad del teléfono móvil.

—¡Estamos esperando al gilipollas del amigo de mi marido, lo siento mucho mi <<gordi>>! Espéranos un poco más, a ver si no tarda mucho en venir.

—¡No te preocupes! ¡si todo fuera eso! Besos bonita. —respondió Blanca.

Cuelga el teléfono Blanca.

—¡Esto es una amiga de verdad! —grita, Alba. Que mira a su marido.

Escuchan el sonido de un autobús llegando a la parada.

—¡Ya está aquí! ¡desesperada! —dijo, Aitor. Fastidiando a Alba.

Del autobús bajo Gabriel, con su Samsonite de alta calidad.

—Mira, no se ha traído su Mercedes, pero hasta su maleta es más cara que la nuestra, ja, ja, ja —ríe, Aitor. Que dobla la cabeza para ojear a su mujer, para ver que no le hace ni pizca de gracia el comentario—. ¡Alégrate! ¡pronto estaremos con tu madre!

Aitor se bajó del coche, acercándose a Gabriel para darle un enorme abrazo. Mientras, Alba se quedó adentro del coche, no le apetecía salir, para pasar frio, menos aún por Gabriel.

—¡Campeón! ¡darme un abrazo! —dice, Gabriel. Que le da un abrazo tan fuerte a Aitor, que a punto estuvo de fracturarle una costilla.

—¡Que sí! ¡que sí! ¡que yo también te he echado de menos!

—Oye, ¿Dónde está tu mujer? —pregunto, Gabriel.

—Esta en el coche —dijo, Aitor <<a secas>>.

—Tu mujer, tan simpática como siempre —dice, Gabriel.

Aitor metió la maleta de Gabriel en el maletero. Luego los dos se metieron en el coche, para ponerse en marcha a la casa de Blanca.

—¡Hola guapa! ¿Cómo estás? —pregunto, Gabriel a Blanca. Dándole dos besos en la mejilla.

—Bien, bien. Todo bien por aquí Gabriel —dijo, Blanca. Con las palabras mínimas y exactas.

—¡Me alegro! —dijo, animado Gabriel. Que desde que lo vio salir del autobús, ya detectaron que venía <<colocado>>.

—Bueno, ponte en marcha, vamos a por Blanca —propuso, la mujer de Aitor.

Una vez que llegan a su destino. Se encuentran a Blanca, muerta de frio, con una falda corta y escote, que dejaba poco, para la imaginación de cualquier hombre.

Gabriel que vio a Blanca, levantarse, dijo:

—¿Pero va caber aquí? —dijo, Gabriel. Un comentario ofensivo refiriéndose al físico de Blanca—, ja, ja, ja, ¡dios mío! —se echó a reír Gabriel, pero Aitor también se le escapo la risa.

—Tu no serás gilipollas ¿verdad? —dijo, enfadada Alba. Que bajo del coche para darle dos besos a su amiga.

—Te has pasado Gabriel, <<córtate>> un poco —dice, Aitor.

—¡Pero si tú te has reído!

Baja del coche Aitor, para meter la maleta de Blanca, atrás. Luego volvieron al interior del coche. Afuera hacia un frio espantoso.

—¡Hola! —saluda, Blanca a Gabriel.

Gabriel, le da dos besos a Blanca.

—Ella es mi amiga Blanca, y el, es Gabriel, amigo de Aitor. Que es médico también como el —presento, Alba a los dos.

—Bueno, igual no, que yo gano más, ja, ja, ja —inicio a reírse Blanca y Gabriel. Pero al matrimonio, su comentario clasista, no le causo gracia ninguna.

Blanca, en cuanto vio a Gabriel, era el prototipo de hombre que le gustaba, rudo y directo. Todo lo contrario de lo que era Aitor, y que ella tanto criticaba.

<<Vaya 'bulto' me han traído>> pensó, Gabriel. Que de ninguna forma se acostaría con Blanca, a pesar de lo que le dijo por teléfono a Aitor. Su prototipo de mujer, tenía que ser delgada, con buenas tallas, y cara de traviesa. Sería imposible que Gabriel se fijara en Blanca, a pesar de no estar tan rechoncha. Pero, con algunos granos y marcas en su cara. Ahuyentaba aún más a Gabriel, que siempre buscaba la perfección en las personas.

Aitor, que es el conductor, sale del pueblo (Las Negras) para agarrar la autopista A-7, para llegar a Murcia-Barqueros.

—Por cierto ¿Cómo te va en el hospital Gabriel? — pregunto, Aitor a su amigo, que trabajaba en el centro de Almería, en el hospital <<Vithas Virgen del Mar>>.

—¡Me quieren con locura! ¡hago lo que quiero! La verdad que todo muy bien —respondió, Gabriel— ¿Y tú? ¿Qué tal en ese consultorio medio abandonado? Ja, ja, ja

—Siempre lo mismo <<tío>>, la misma rutina diaria todos los años —respondió, Aitor. Que era consciente que Gabriel decía la verdad, era un consultorio medio abandonado.

Alba, que estaba callada, recordó algo:

—Entonces, nos quedaremos todos en casa de mi madre ¿verdad?

—Yo, ni muerto, yo alquilo una habitación en algún hotel rural —aclaro, Gabriel.

—Pues suerte, porque no hay ningún hotel, ¡JA! —dice, Alba —. Qué problema tienes con quedarte en una casa rural ¿te da miedo?

—Mas bien asco —respondió, Gabriel. Sonriendo.

—Tengamos la fiesta en paz, no empecéis como siempre —dijo, Aitor. Por qué cada vez que se veía con su amigo, siempre peleaba su mujer, con Gabriel—. Que no se hagan estas dos horas eternas, por vuestra culpa.

Callaron todos.

—¿Cuantos kilómetros son? —pregunto, Blanca. Que estaba muy callada, cosa que no es normal en ella.

—Son ciento ochenta kilómetros, unas dos horas de viaje. Si vamos por esta autopista.

—¿Nunca has estado en Murcia? —le pregunto, Alba a su amiga.

—Yo nunca —se metió, Gabriel en la conversación.

—A ti no te preguntaba —dijo, Alba. De malas maneras.

Aitor miraba a su mujer, como estaba a la defensiva siempre con Gabriel. Con cualquier cosa, saltaba encima de él, como un tigre de bengala.

—Una vez de pequeña, cuando mi abuelo murió —dice, Blanca.

—¡Oh ya! ¡Pues te va a gustar <<nena>>! Es muy tranquilo todo —expreso, Alba—. Ojalá me ponga de parto pronto. Tengo ganas de ver a nuestro bebe —agarro la mano de Aitor, que la apoyaba en la palanca de cambios.

Cuando lleva una hora y quince minutos, conduciendo Aitor.

Gabriel observa una señal que indica que ha cien metros de distancia, hay una gasolinera.

—Párate en la gasolinera, necesito ir al baño a orinar —dijo, Gabriel. Pero lo que realmente quería, era meterse su raya de cocaína mañanera.

—Ok, paro entonces —dice, Aitor. Que disminuye la velocidad para meterse por la salida que se dirige a la gasolinera—, ¿Alguna de vosotras tiene que ir también?

—Yo no, ¿y tú Blanca? —Pregunto Alba.

—¡Estoy bien! —Blanca miraba a Gabriel—. <<Que bueno esta…>> pensó, Blanca.

Aitor para en la gasolinera, que da la sensación de no estar muy bien cuidado, para bajarse del coche Gabriel. Mientras los demás, esperan adentro del coche, por causa del frio que hace afuera.

Gabriel que se acerca a lo que parece ser, el baño, se da cuenta en qué estado esta ese lugar. Todo oxidado, con telaraña en el techo de los depósitos de gasolina, y un contenedor de basura a rebosar con periódicos antiguos. Cuando llego a la puerta de su destino, con el dibujo de un hombrecito blanco (la puerta del baño, tan oxidada, que tenía hasta agujeros.) Empujo la puerta, escuchándose un chirriante ruido molesto, como cuando arañas una pizarra.

Gabriel cuando entro al baño, dijo:

—Vaya, parece que el baño está en peores condiciones, que el exterior.

Los baños literalmente estaban todos <<cagados>> (lleno de heces), con un olor pestilente que entraba por la nariz, y salía por la boca, casi en estado líquido. Con cristales tirados por el suelo, que Gabriel aprovecho uno, para prepararse su raya de <<cocaína>> encima del lavabo.

Fiuuu…

Esnifa Gabriel su polvo <<mágico>>.

—¡Madre de dios santo! Me ha llegado directo al cerebro ¡waaaa! —exclamo, Gabriel—. Ahora sí, ahora aguanto todos los viajes que haga falta.

Gabriel que salió del baño, con el sonido del crujir de los cristales a pisarlo, mira que a la izquierda hay un escaparate lleno de polvo, con su entrada. Supone que sería donde estaría el encargado de la gasolinera.

—¡No hay nadie aquí! —grito Gabriel, que apartaba con asco el polvo del cristal—. ¡Hola!

Solo podía verse en el interior una mecedora que se estaba balanceando sola. Gabriel miro al coche de Aitor, y pensó:

<<Anda que estamos salvado aquí, si tuviéramos una urgencia>>.

Cuando giro la vista, Gabriel se dio el susto más grande de su vida. Cuando vio un hombre parado en frente del cristal mirándole. Muy delgado, y con los dientes lleno de sarro amarillo.

—¡Ah! ¡<<ostra>> que susto! —exclamo, Gabriel. Que se dio un sobresalto—, ¡Hola! ¡perdone usted!

<<Que asquerosidad de tío>> pensó, Gabriel.

El hombre le miro, y le dijo algo. A pesar de que apenas se escucha su voz, por el cristal. Gabriel lo entendido perfectamente.

—¡Retrasado, fuera de aquí! —voceo, el hombre. Cerrando con un tirador la persiana del escaparate.

Gabriel a paso ligero se alejó del cristal. Volviendo de nuevo al coche con los demás.

—¿Que te ha pasado? Pregunto, Alba. Que vio como la cara de Gabriel se tornaba en un color blanco papel.

—No, nada, nada —desvió el tema Gabriel—. Sigamos, llevo más de una hora aquí, oliendo a coche viejo.

Blanca, inicia a menear las piernas, como si algo le molestara.

Era una araña que se desplazaba por la pierna de Blanca. Sintiendo ella un pequeño cosquilleo. Cuando mira abajo, se da cuenta de que es una tarántula.

—¡Ah! ¡una araña! ¡una araña! ¡quitármela! —grito Blanca, como una loca. Algo lógico, ya que tiene fobia a las arañas.

Gabriel, que es el primero que mira, al estar sentado al lado de ella, se da cuenta que es una tarántula lobo. Su veneno no es mortal, pero puede provocar un buen hinchazón. Tiene unos ojos grandes y negros, pero lo más imponente son sus pronunciados colmillos.

—¡Quieta! ¡la voy a matar! —exclamo, Gabriel. Que esta con el subidón de la cocaína.

Aitor y Alba, que miran desde el asiento delantero el espectáculo. Advierte Aitor a Gabriel.

—Cuidado Gabriel, si la molestas te va a picar —dice, Aitor. Preocupándose por su amigo.

<<A ver si le pica a él, veras como me voy a reír>> pensó, Alba. Con malas ideas.

La araña cada vez estaba más arriba de los muslos de Blanca. Ella solo sabía hacer gesto con los brazos para que se la quitara Gabriel de encima.

—Quieta…quieta… ¡allá voy! —Gabriel, dio un manotazo con sus grandes manos. Pero la tarántula más lista que él, salto al suelo del coche. Recibiendo Blanca el golpe en sus muslos.

—¡Ah! —Grito, Blanca. Que se bajó del coche sin dudarlo un segundo —, ¡Joder <<tío>>! Un poco más, ¡y me das en el <<coño>>!

La araña que estaba en el suelo intento Gabriel propinarle con la mano un golpe en seco de nuevo. Pero acabo metiéndose por debajo de los asientos trasero del coche.

Blanca tenía la cara blanca, nunca mejor dicho. Pero Aitor y Alba, estaban riéndose a pesar del momento tenso que habían vivido.

—¡Venga Blanca! ¡Móntate! —grito, Aitor. Para que se subiera de nuevo en el coche —. Que no te va a picar si no la molestas.

Aitor estaba más que acostumbrado, junto con Alba. A ver ese tipo de arañas en los alrededores del pueblo. No suelen ser peligrosa, solo si las molestas, o sobre todo si eres alérgico a su veneno. Que entonces si podría causar la muerte.

—No, no me monto, ni aun que me pagues Aitor —respondió Blanca.

Aitor salió del coche.

—Seguro que está en el maletero —para que se calmara Blanca y se montara en el coche, quiso fingir que atrapaba la araña—. La agarro, y nos vamos ¿vale?

—¡No me fastidie! ¡claro que la vas agarrar! —exigió, Blanca. Con la voz temblorosa—. ¡Porque si no! ¡no me monto ni loca!

Aitor, abrió el maletero. Y fingió mover las maletas un poco para encontrar la tarántula.

—Mira, aquí esta —dice, Aitor. Que miente como un bellaco.

—¡Mátala! ¡mátala! —gritaba, insistiendo Blanca. A que matara a la pobre tarántula.

Aitor cerro la mano, como si la hubiera atrapado.

—Mira, ya la tengo —dijo, Aitor—. ¿Quieres verla?

Aitor le acercaba sus manos cerrada a Blanca.

—¡Como te acerques te mato! —Blanca, subió al coche. Cerrando la puerta.

Gabriel y Alba. No aguantaban la risa.

Aitor en cambio se acercó a la valla de la gasolinera, fingiendo, de que estaba soltando la malvada araña. Luego se subió de nuevo a su Opel Calibra viejo.

—¿Tanto miedo te da? —pregunto, por curiosidad Aitor.

—¡Claro que sí! tengo fobia a las arañas desde chica! —contesto, Blanca. Que se frotaba los brazos del repelús, que le causaba al hablar de ellas.

<<Aun me acuerdo como de pequeña me quede encerrada en una caseta en el campo de mi padre. Donde guardaba las herramientas del trabajo. Estaba repleto de telaraña, con pequeñas ʽarañitasʼ grises, con colmillos blancos… aun lo tengo clavado en mi memoria>> pensó, Blanca.

—¡Bueno, a ver! ¡Nos ponemos en marcha o que! —dijo brincando, Gabriel. En el asiento.

—¡Que ya! ¡que ya vamos, pesado! —dice, Aitor. Girando la llave del coche.

Alba, reía. Algo que le encantaba ver, Aitor.

Cuando su Opel Calibra, estaba a disposición de la autopista A-7, con poco tráfico. Después de conducir veintidós minutos (más o menos), se encontraron con varios agentes de tráfico, haciéndole señales a Aitor para que parara a la derecha su coche. A unos cincuenta metros. Podía verse un camión cisterna volcado y un coche destrozado, con varios cuerpos tirados en la autopista.

Un agente se acercó a la ventanilla del Opel Calibra, y dijo:

—Lo siento, pero tenéis que dar la vuelta.

Se escuchaba una ambulancia llegar al accidente. Pasando por al lado de ellos.

—¿No podemos pasar por aquí? —pregunto, Aitor.

—No, imposible —confirmo el agente de tráfico—. Tenéis que dar la vuelta y coger la autopista AP-7 o RM-11, el suelo está repleto de aceite, que contenía el camión cisterna.

—¡Joder! ¡Tardaremos más! —exclamo, Aitor. Que miro a los demás—. Ya es tener mala suerte.

—Eso mismo, dile a quienes estan tirados en el suelo delante de ti —dijo, el agente. Señalando al accidente donde estaban las victimas del accidente tirados en el suelo. Mientras que un médico y un enfermero, intentaban reanimarlos.

Gabriel, le sale una risotada accidentalmente. Por el comentario del agente.

—Silencio, un respeto idiota —dice, en voz baja Alba.

Gabriel hace un gesto con el dedo poniéndolo en la boca de Alba, indicando que se callara.

—¡Quita! —Alba, aparta el dedo de Gabriel de su boca.

Aitor mantenía una conversación con el agente, para intentar convencerlo de que lo dejaran pasar, pero sin éxito alguno.

—Bueno, señor agente, muchas gracias por todo —Aitor, arranca el coche para dar la vuelta—. Que tenga usted un buen día.

<<Gilipollas>> pensó, Aitor.

—Adiós —dijo, el agente.

Aitor dio la vuelta para irse por donde habían venido.

—Tardaremos un poco más en llegar a nuestro destino. Que vamos hacerle —dice, Aitor. Levantando su mano derecha, expresando un gesto de conformismo.

—Si, ¿pero, podríamos parar en la gasolinera? Me estoy haciendo <<pipi>> —expreso, Alba. En un tono infantil.

—Una buena idea, porque yo, también me estoy orinando —dice, Blanca.

—Pues tendremos que parar de nuevo —dijo, Aitor. Conforme.

—¡Mujeres! ¡siempre dando el <<coñazo>>! —dijo en voz alta, Aitor. Abriendo los brazos.

—¡Calla! —gritaron, Alba y Blanca.

Llegando de nuevo a la gasolinera, encuentran un coche aparcado en la entrada (un Seat Seiscientos), más antiguo incluso que el de Aitor.

—Mira Aitor, tu coche es un zombi viviente arrastrándose por la carretera. Pero, es que este es una momia, ja, ja, ja —reía, Gabriel a carcajadas. Consiguiendo que se riera Blanca.

—¡Ja! No todos somos ricos —dijo, irónicamente Aitor.

—¡Pero es la verdad! ¡Estamos en el 2019! Y tú, aun con un coche de la década de los noventa —tacha, Gabriel. De antiguo a Aitor por su coche.

—¡Mira! ¡en eso estamos de acuerdo! —concuerda, Alba.
Con el comentario de Gabriel.

Aitor sorprendido, no cree lo que está viendo. Su mujer
apoyando a su propio <<archienemigo>>.

—¡Vale, me rindo! Dejarme aparcar el coche —cambia de
tema, Aitor.

Aitor aparco el coche al lado del Seat Seiscientos. Y las mujeres se bajaron del coche para ir al baño.

—Nosotros os esperamos aquí —dice Aitor— ¡No tarden!

—¡Si tardamos!, es porque hemos encontrados a hombres
mejores que vosotros —bromeo, Blanca. Meneando su cintura y
guiando sus pasos al baño, junto a Alba.

Entrando al baño se percataron de la mala higiene. De nuevo una araña de diferente tipo. Bajo del techo posándose en el
hombro de Blanca.

—¡Una araña! —lanzo un tortazo, Alba. Tirando la araña al
suelo.

—¡Ah! ¡<< ni de coña>> voy hacer mis necesidades aquí! —
dijo, Blanca. Que salió del baño para irse afuera, atrás de los
contenedores. Repletos de periódicos antiguo.

Aitor vio, junto con Gabriel, a Blanca. Como salía disparada
del baño de mujeres.

—Parece asustada —comento, Gabriel—. Seguro que el baño de mujeres, esta igual o peor que el de hombre.

—¿Tan mal están? —pregunto, Aitor.

—Créeme que sí.

—Seguro, que se asustó por que vio otro <<bicho>>, ja, ja, ja —añadió, Aitor. Riéndose de Blanca.

Alba sale del baño, mientras Blanca se está subiendo las bragas, con el culo helado por el frio que estaba haciendo. Parece que el cielo en cualquier momento, rompería a llover.

—Mira Blanca. ¿Entramos y compramos algo para picar? Se me ha antojado algo dulce. —dijo antojada, Alba. Que se tocaba la barriga.

—Vale, compremos algo —afirmo, Blanca.

Los chicos que veían como Alba y Blanca se dirigían a la pequeña tienda de la gasolinera. Gabriel alerto de algo a Aitor.

—Sera mejor que vayamos —dice, Gabriel.

—¿Para?

—Antes, cuando estuvimos aquí, me pegue un susto enorme con un señor. Supongo que sería el encargado de la gasolinera —dice, desconfiado Gabriel—. Podría ser un pervertido —añadió.

—Bueno, pues vayamos a ver. De camino vemos lo que vende —salió del coche, Aitor.

—Si.

A Gabriel, no le gustaba nada, las personas diferente a él. Sobre todo, la gente pobre, o de otra etnia. En cambio, Aitor era más aventurero en ese aspecto, le gustaba conocer otras culturas, y no le importaba mezclarse con personas ricas o pobres.

En el interior de la gasolinera, estaba Alba y Blanca, contemplando el estado del interior. Tenía varios productos comestibles que agarraron, y algo para beber, incluido agua. Pero estaba todo sucio, las cucarachas correteaban por las estanterías. Blanca solo hacia miraba al encargado de la gasolinera, vestía con una camisa a cuadro, no más limpia que las estanterías, y solo hacia mirarle, con una sonrisa. Y sus dientes, tenían el aspecto parecido a una cadena de bicicleta bien engrasada.

En el fondo, hay un hombre con apariencia árabe. Que está hablando con alguien por el teléfono público de la gasolinera.

Cuando finalizaron de agarrar todo lo que querían, Alba y Blanca. Se aproximaron al mostrador para pagar al encargado.

—¿Cuánto te debemos? —coloco, Alba. Las cosas en el mostrador.

—Nada, nada. No me debéis nada —dijo, con una voz gangosa el encargado.

—¡De verdad! ¡muchas gracias! —agradeció, Blanca. El gesto del encargado.

Alba, que vio un bote de cristal vacío, con telaraña adentro incluida. Ojeo un cartel situado arriba, donde había escrito una palabra que carecía de una letra, <<popina>>. Entonces dijo:

—No me gusta, deberle nada a nadie —introdujo, Alba. Un billete de diez euros.

El encargado, dejo de sonreír. Expresando un gesto lánguido. Alba, a veces, podía ser cruel con las personas, no le importaba si algo de lo que dijera, o hacía, podía molestar. Eso, junto con su avaricia de quererlo todo a la vez (queja que siempre le pone su marido), son sus mayores defectos.

Justo después de meter el dinero en el bote de cristal. Su marido y Gabriel, entra en la tienda, acercándose a ellas.

¿Por qué tardan tanto? —pregunto Aitor, divisando el aspecto del encargado—. Tenemos que irnos ya, para coger la autopista AP-7 o la RM-11, me gustaría llegar a casa de tu madre antes de la hora de comer.

—¡Tranquilo que no te la roban! Estábamos comprando, no lo ves —Blanca, muestra las bolsas.

—No es por eso. Pero estamos tardando demasiado en llegar —protestaba, Aitor.

—¿Y en cuál de las dos autopistas llegaremos antes? —pregunto, Alba.

—Las dos nos va a llevar cerca de una hora más de viaje, desde aquí, hasta el pueblo de tu madre —respondió, Aitor. Algo desesperado por llegar.

—¡Maldito accidente! —maldecía, Gabriel—. ¿Ya pagaron verdad? Pues vámonos.

Gabriel estaba inquieto, y no solo por la cocaína, si no por la mirada amenazadora del encargado. Aun no se había olvidado del susto que le dio aquel señor.

Saliendo por la puerta, fueron interrumpidos por el hombre de aspecto árabe, que segundos antes estaba hablando por teléfono.

—¡Ei! ¡Ei! ¡disculpen! —exclamo, el individuo—. Estaba escuchando vuestra conversación por casualidad, yo puedo ayudaros.

Gabriel, lo mira con desprecio.

—No necesitamos tu ayuda —dijo, Gabriel.

—Calla, Gabriel, deja que hable. Disculpe a nuestro perro, no lo tenemos amaestrado —dijo con sarcasmo, Alba. Mirando al caballero que se ofrecía a ayudar.

El hombre sonríe.

—Me llamo Abel —dijo, con un acento confuso—. Yo tiro mucho por esta zona. ¿Venís de la A-7 verdad?

—¡Si! ¡si! —respondió, Alba—, Ahora mismo hay un accidente y no dejan pasar a nadie.

—Si, lo sé, pero, ¿Adónde iban? —pregunto, con curiosidad Abel.

—Nos dirigimos a Barqueros, a casa de mi madre.

—¡Oh! ¡ya! queréis cruzar la A-7. Yo conozco un atajo para poder esquivar el accidente, y meteros de nuevo en la autopista —dijo, Abel. Con una simpatía asombrosa—. Cada vez que voy a mi trabajo y cortan la A-7 por algún motivo, agarro ese atajo. Si quieren, os guio hasta el atajo con gusto —brindo su ayuda Abel.

Todos se miran, al ver ese hombre de origen árabe ofreciendo su ayuda. No parecía ser un mal hombre. ¿Pero desde cuando los malos, tienen apariencia de malo? El hombre llevaba unos vaqueros y una camiseta bien planchada, donde se leía <<Last Chance>> en inglés. Con unos deportes, con <<pinta>> de que los usaba a diario.

—Vale, me parece bien —acepto, Aitor. La propuesta de Abel.

Gabriel, hizo una mueca, de desaprobación.

A pesar de la cara de Gabriel, no tenían de otra, no conocían el atajo, no conocían aquel hombre. Pero si podía ese hombre solucionarles el problema, y ahorrarse un tiempo. ¡Bendito sea ese hombre!

El hombre que acababan de conocer, Abel, se monta en su vehículo. El Seat seiscientos que vieron cuando llegaron a la gasolinera. Gabriel mira a Aitor cuando se están metiendo en el Opel Calibra. Algo le tiene inquieto a Gabriel, pero Blanca y Alba. confían en que solo quiere ayudar.

—¿Estáis seguro? —pregunto, Gabriel.

—¿Seguro? ¿de qué? —dijo, dudando Aitor.

—De seguir a un extranjero hasta su <<atajo>> —dice, haciendo un gesto con sus dedos. Desconfiando de la palabra de Abel—. Puede ser un asesino en serie, fijaos que coche tiene. Típico de un psicópata.

Gabriel, con todo lo valiente que era para algunas cosas. A los extranjeros siempre los evitaba, incluso no era capaz de mantener una conversación con ellos.

—¡Ay! Gabriel…Gabriel… —dijo, Alba. Poniendo sus manos en la cara, expresando, que no se creía lo que estaba escuchando.

—Entonces, sabes que es un asesino en serie, por su coche —dice, Aitor. Que mira a Gabriel, levantando una ceja—. Bueno, amor. Pues yo debo de ser también un psicópata, ja, ja, ja —añadió, riendo. Mirando a su mujer.

Alba, agita su cabeza de un lado a otro, mostrando su rechazo al comentario de Gabriel.

—Yo os avise, si acabamos muerto o violado, culpa vuestra.

Blanca se ríe.

—No te rías Blanca, que capaz y te viole la primera —menciono, Gabriel, que la miro de arriba abajo, y pensó:

<<Quizá con suerte, lo aplastes, dejándolo asfixiado>>

—¡Calla! ¡Por dios! ¡no digas eso! —clamo, Blanca.

Abel, emprende a pitar, para que lo sigan.

—Mira, mira. Como insiste, vamos a salir en los periódicos. Dentro de una semana, ya veréis.

Aitor, arranca el coche, y responde:

—Si estamos muertos, no veremos nada —guiña un ojo a su mujer.

Abel se adelantó, para que lo siguiera Aitor por la autopista A-7.

—Bueno, vamos allá —expreso, Aitor.

Alba, se siente como le da patadas él bebe.

—Uf —emitió un gemido, Alba.

—¿Estas bien? —pregunto Blanca.

—Si, si, no es nada —respondió.

—Si quieres, paramos —sugirió, Aitor.

—Esto es una señal —dijo, Gabriel. Bromeando esta vez.

—¡Calla! —de nuevo, las mujeres mandaron a callar a Gabriel.

Después de un espacio corto de tiempo, llegan a una salida, que se encuentra en el lado derecho de la autopista. Pero era un camino de tierra, sin asfaltar, que se adentraba en una zona boscosa.

—¡Madre mía! ¡donde nos estamos metiendo! —expreso, casi a voces, Gabriel.

Aitor, era más valiente, un aventurero, disfrutaba de los lugares desconocidos. En cambio, Gabriel temía todo lo que desconocía, pero Alba estaba disfrutando mucho. De ver como sufre Gabriel por sus inseguridades, dejando a un lado el carácter soberbio que tenía.

El Seat Seisciento freno, dejando el coche a un costado. Bajo Abel para dirigirse al coche de ellos.

—Ahora es cuando nos mata… —dijo, Gabriel. Con voz de personaje de terror.

Aitor baja la ventanilla.

—Bueno, pues este es mi atajo. Solo tenéis que seguir este camino, y cuando paséis un tramo curvado poco pronunciado, poco después, a unos kilómetros todo recto, volveréis a salir a la A-7 —explico, Abel.

—¿No tiene perdida verdad? —pregunto, Aitor.

—Nada, nada. En ese tramo curvado veréis a la izquierda un lago —indico, Abel—. Y a la derecha una capilla abandonada —añadió.

—¡Pues muchas gracias! —grito, desde el asiento trasero, Blanca.

—Gracias —Aitor, eleva su brazo. Para estrecharle la mano a Abel.

Zarandea su mano, cuando Abel se la estrecha.

—Ya me voy, ¡suerte! —dice, Abel que se daba la vuelta para irse de nuevo en su coche. Pero de nuevo dio media vuelta para decir:

—Por cierto, felicidades por el embarazo.

—¡oh, muchas gracias! —respondió Alba.

—¡Adiós! —se despidió Abel.

—Adiós, adiós —dijo, Gabriel. Con una sonrisa forzada.

Abel, se montó en su Seat Seisciento. Cuando paso por al lado del coche de Aitor, agito su mano despidiéndose de todos, con una sonrisa.

III

Interminable

Aitor enciende un cigarro.

—No me gusta que fumes conduciendo —expreso su inconformidad, Alba.

—Cariño, estamos en un camino solitario, no creo que tengamos aquí un accidente —respondía, Aitor a su mujer. Que estaba frunciendo el ceño.

—Vale, haz lo que quiera —cruzaba los brazos, Alba. Como una niña pequeña—. ¡Pero si nos chocamos con algo será tu culpa!

A Alba le arranco un pequeño dolor en su barriga.

—Uch… —Alba, se tocaba la <<panza>>—. Hasta el niño, no quiere que fumes.

Gabriel y Blanca, están atrás mirándose. Viendo los problemas típicos del matrimonio, por eso mismo aún seguían solteros y sin hijos. No creían en el amor, los dos coincidían en el mismo punto de vista. El amor dura, lo que dure la pasión.

—¡Vale! Tiro el maldito cigarro —Aitor, apaga el cigarro para luego tirarlo por la ventanilla.

—¡<<tío>> como te controla la jefa! Ja, ja, ja ¿viste? —le da con el codo a Blanca.

—Calla, idiota. En realidad, tiene razón.

Estaban guiándose por un camino, que desconocían, confiando en las palabras de un desconocido. Parecía un lugar agradable, lleno de árboles, que llevarían en ese lugar más de un siglo creciendo. Los pájaros cantaban, y el aire era tan fresco. Que Aitor abrió la ventanilla del todo, para respirar el aire puro que le ofrecía la naturaleza.

El cielo seguía nublado, pero aún no rompía a llover. Esperaba Aitor llegar a la casa de la madre de Alba, antes de la comida. Sería posible, si el tal atajo, lo llevara a la A-7 de nuevo. Saltándose aquel fatídico accidente, que tantos problemas le han causado.

—Mirar, parece que ya se ve el inicio de la curva que menciono Abel —dice, Aitor. Que se esforzaba a ver el lago o la capilla que menciono Abel.

—Qué paz se respira —dijo, Blanca—. Me encanta la naturaleza ¿Y a ti? —pregunto a Gabriel.

—Yo paso, prefiero la ciudad. La naturaleza es para los <<paletos>>.

<<Que `tío´ más estúpido, ahora entiendo a Alba>> pensó, Blanca.

Estaba en lo correcto Aitor, ya se estaban adentrando en una curva. Que no era demasiado pronuncia, pero parecía ser de una distancia moderada.

—¡Mirar! ¡ahí está el lago! —señalo, Alba. A la izquierda del camino.

Un lago que tenía su propio muelle de madera, con una pequeña cabaña, con su techo echo de placas de chapa.

—¡Verdad! —exclamo, Aitor. Que reducía la velocidad, para mirar con más atención el lugar—. ¡Es grande eh!

—Que emoción —dijo, con ironía Gabriel.

—¡La capilla! —grito, Blanca. Sacando la mano por la ventana.

La capilla tenía una pintura maltratada por el tiempo. Pero se distinguía que en su día era de color blanco. Arriba se ubicaba el campanario, pero estaba medio derrumbado, apenas se mantenía en pie, aparte, la campana había desaparecido, porque no se veía por ningún lado. Y la puerta se observaba que era de madera maciza, de las que se usaba antes.

Blanca ve al fondo un cartel, donde abajo se inaugura otro camino, pero no consigue ver lo que pone, mientras que Gabriel mira un coche pegado al lado derecho de la curva, en frente de la capilla, era un coche casi totalmente quemado, pero Gabriel distinguió la marca del coche, llevándose la sorpresa de que era un Opel Calibra. Aprovecho, las circunstancia para meterse de nuevo con su amigo Aitor.

—¡Mira! ¡tu coche! ja, ja, ja —reía y reía, a carcajadas Gabriel. Tanto que le pego su risa a Alba y Blanca—. A si debería de acabar el tuyo.

Aitor, intento golpearle en las piernas, dando manotazos hacia atrás de su asiento.

—¡Que <<gilipuertas>> eres, de verdad! —Pero, Aitor. También le provocaba risa las ocurrencias de Gabriel.

Continuaron circulando por ese tramo de camino curvado, dejando atrás la capilla y el lago. Sin olvidar el Opel Calibra asolado. Pero al poco tiempo, Blanca se dio cuenta de algo que vio a cincuenta metros entre los árboles.

—Aitor, ¿estamos dando vueltas? —pregunto, Blanca. Sacando la cabeza por la ventanilla, para ver mejor.

—No, claro que no —respondió Aitor.

—Entonces… ¿porque estoy viendo entre los árboles de nuevo la capilla? —Blanca, señalaba con el dedo.

Alba miro.

—Tiene razón cariño, se ve a lo lejos entre los árboles la capilla.

—Es imposible —afirmo, Aitor.

Gabriel se asomó por la ventanilla del lado de Blanca. Casi arrollándola, y dijo:

—¡Joder <<tío>>! ¡que tiene razón!

Aitor, acelero. Y llevaban razón los demás, llegaron de nuevo al tramo donde está la capilla y el lago.

Aitor le pareció raro.

—Voy a dar media vuelta, y salimos del camino de nuevo a la autopista —propuso su idea, Aitor.

—Me parece lo correcto —dice, Alba. Agarrándose la barriga, sintiendo aun alguna molestia.

Todos estaban acordes de lo que propuso Aitor.

Cuando dio media vuelta, acelero, para salir lo antes posible de ese camino. Pero al rato Alba, observo, que Aitor los guiaba de nuevo al tramo donde se ubicaba la capilla.

—¡Aitor! ¡que no! ¡que no es por aquí! —dijo, su mujer—, señalando con sus manos entre los árboles, donde, desde lejos, de nuevo se veía la capilla.

Pero esta vez, entraron por el lado, que salieron antes. A la derecha estaba el lago, y a la izquierda, la capilla. Nadie, sabía lo que estaba ocurriendo, provocando pavor en todos ellos. Pero Aitor no se rindió y quiso dar de nuevo media vuelta.

—¡Tiene que ser por aquí! ¡a la fuerza! —gritaba, alterado Aitor. Que aceleraba aún más.

Cuando intento cruzar ese tramo de curva, en breve, el mismo se daría cuenta, que en el fondo se divisaba de nuevo la capilla.

—¡Pero si la hemos dejado atrás! ¡por qué está de nuevo ahí!

—grito, Aitor. Ofuscado, agarrando con fuerza el volante del coche.

Esta vez cuando pasaron al lado de la capilla. Blanca observo el cartel, viendo lo que había escrito:

<<Mina de carbón>> leyó, Blanca. En voz muy baja.

Aitor que es testarudo, sigue conduciendo para cruzar de nuevo el tramo. Blanca siente escalofríos por su cuello. Con la mala suerte de que era la tarántula rosándole con sus patas peludas su cogote.

Ella, desliza su mano por el cuello hasta que siente en sus dedos como ahuyento algo que se mueve rápido.

—¡Ah! —grito, Blanca. Que asusto a Aitor, provocando que diera un pequeño volantazo.

—¡Que ocurre! —exclamo enojado, Aitor —. ¡Por poco nos matamos! —añadió.

—¡La araña! —Gabriel, miraba.

—¡No hay ninguna araña! ¡maldita tonta! —ofendía, Gabriel a Blanca.

—¡Que sí, estúpido! Estaba justo aquí, atrás de mi cuello.

Blanca, se giró, pero le llamo más la atención, cuando vio a través del cristal trasero del coche, alguien que salía del bosque. Una mujer, que físicamente, tenía un gran parecido a ella.

—¡Que <<cojones>>! —grito muy asustada, Blanca—. ¡Mirar por favor! —dice, Blanca. Que se gira de nuevo para que Alba o alguno de los demás le prestara atención.

Aitor inclino un poco su torso a la derecha, para ver de reojo a que se refería Blanca, y grito:

—¡No hay nada Blanca!

—¡Como que no!

Blanca se voltea a mirar, pero esa mujer había desaparecido.

<<Como es posible>> pensó, Blanca.

Aitor se dispuso a prestar de nuevo atención al camino, pero Alba dio un grito atroz.

—¡Cuidado Aitor! —grito, apoyando sus manos en la guantera del coche.

Alba, aviso al ver unos alambres en medio del camino. Que Aitor no llego a sortear, provocando que el coche pinchara, y se enredara en el sistema de dirección.

A ir a gran velocidad, giro a la izquierda de forma involuntaria. Luego Aitor por puro reflejo dio un volantazo a la derecha, para intentar controlar el vehículo, a no funcionar el sistema de dirección. El coche dio dos vueltas sobre sí mismo.

—¿Estas bien Alba? —lo primero que hizo Aitor fue preguntar a su mujer.

—Si, creo que si —Alba se siente mareada y asoma la cabeza por la ventanilla—, creo que voy a vomitar.

Alba sale a vomitar arrodillada en ese camino solitario, siente de nuevo un dolor en su barriga.

<<Espero que él bebe este bien>> pensó, Blanca.

—¿Y los demás? ¿Cómo estáis? —pregunto, Aitor. Que miraba a los asientos trasero.

Gabriel tenía agarrado el asiento del piloto, diciendo:

—Ya avisé, ya avisé, ya avisé.

—Creo que estoy bien, un poco fatigada por las vueltas que ha dado el coche —responde, Blanca.

El coche se quedó inmóvil en medio del camino, los alambres atravesaron las ruedas como si fueran de mantequilla. Ahora si tenían un verdadero problema, porque se quedaron sin poder ir a ningún lado, atrapados en ese tramo del camino.

Aitor aupó a Alba. Para que se levantara del suelo, cuando le ayudo, Alba miro a Blanca, que salía del coche, y dijo:

—¡Estas loca o que! ¡por poco nos matamos por tu fobia a las arañas!

—Que le den a la araña, ¡y que te den a ti! —dijo, enfadada Blanca—. Vi a alguien en el camino, ¡eso fue lo que me asusto de verdad!

Alba tenía un carácter fuerte, pero Blanca tenía el mismo temperamento. Aitor se puso en medio, y pregunto:

—¿A quién viste, y adonde?

—Era una mujer, que salía del bosque, pero tenía algo raro…no sé, era una sensación muy rara —dijo, Blanca—. <<No puedo decir que era casi idéntica a mi>> —pensó.

Gabriel que salía del coche, después de abrazar por un rato el asiento del piloto, se acercó a los demás.

—Blanca, ¡estas para que te metan en el manicomio! —exclamo, Gabriel— Yo lo advertí, que no hiciéramos caso a un extranjero, pero nada, yo me negué…pero vosotros, o si, seguro que quiere ayudarnos, pues toma —añadió, Gabriel. Que gesticulaba los brazos, mientras lo decía.

—Quizás solo fue tu imaginación —dijo, Alba. Algo más calmada.

<<Pasemos varias veces por el mismo camino y esos alambres de pincho no estaban, puede, que si lo pusieran aposta>> pensó, Aitor. Que miraba el estado en que habían quedado las ruedas del coche.

—Blanca tiene razón, hemos pasado varias veces por aquí, ¿verdad? —dice, Aitor. Mirando a los demás—. ¿Y si la mujer que vio Blanca, pretendía llamar nuestra atención?

—¿Qué insinúas cariño? —pregunto, Alba.

—Creo, que todo ha sido provocado, hemos pasado varias veces por aquí, pero esos alambres no estaban. Y por arte de magia, no creo que se colocarán solos ahí —dice, Aitor. Insinuando de que es la trampa de alguien—. No es una idea tan descabellada —añadió, encendiéndose de nuevo un cigarro.

El grupo queda en silencio, pensativos. Si Aitor llevaba la razón, quien podría estar haciendo eso, el único sospechoso seria Abel. Pero, ¿y el no poder salir de ese lugar?

Gabriel, le preocupa que un grupo de extranjero estén intentando matarlos. Pero la cuestión de todo y su mayor preocupación en ese mismo momento, no es que un extranjero intente de matarlos, o que el coche este averiado. El problema real es que no pueden salir de ese lugar, y no saben explicar los motivos.

—Creo que esto es un laberinto —opino, Gabriel—. Por eso volvemos siempre al mismo lugar.

—Y si es, ¿cosa de los alienígenas? —pregunto, Blanca.

—Has visto muchas películas de ficción —dijo, Gabriel—. Cu-cu —añadió, insinuando que estaba loca.

Alba saca su teléfono móvil, para mirar la hora.

<<Mierda, son ya las dos. Mama tiene que estar preocupada>> pensó, Alba.

Pero al mirar, se dio cuenta también de que aun tenía cobertura, y dijo:

—¡Tengo cobertura! Voy a llamar a mama, para que pida ayuda —Alba, ponía su mano en la barriga, sintiendo molestias.

—Pon la llamada en manos libre tesoro —propuso, Aitor

La madre de Alba agarra la llamada a la primera, como si estuviera esperando la llamada de su hija.

—Hola...

—Mama, soy yo, Alba.

—¿Alba?

Su madre, ya era una señora mayor, Alba se le paso por la cabeza que estaba en uno de sus momentos menos lucido.

—Soy yo, mama. Tu hija Alba.

Todos están atentos a la voz de la señora.

—¿Yo?, yo no tengo ninguna hija, creo que te has equivocado.

—Mama, déjate de bromas, ¡soy tu hija Alba! —insistía, Alba. Que cada vez se mostraba más en su rostro su preocupación.

—Ah, ya… —dice, la madre de Alba. En un tono triste—. Mi hija, me abandono aquí, me dejo sola, es avariciosa, solo mira por ella, ¡por ella! ¡por ella!

La llamada comenzó a escucharse interferencia.

—Mama, ¡pero que te ocurre!

—¡No vuel…vas más! ¡te odi…o!

Empezó a escucharse cada vez peor.

—¿Mama? ¿mama? —Alba, rompe a llorar—, ¿Estás ahí? —pregunto, con una voz sollozante.

No se escucha absolutamente nada.

—¡Ah! ¡me quemo! ¡me quemo! ¡m…e que…mo! —grito, la madre.

El móvil de Alba se calentó tanto entre sus manos, que lo tiro al suelo. Provocando un chasquido que hizo literalmente explotar el teléfono.

Blanca al ver como ardía el teléfono de Alba, saco su móvil de su pequeño bolso, que estaba en el interior del coche.

<<Esta apagado, que raro>> —pensó, Blanca.

—¡No enciende mi teléfono! ¡pero que está pasando!

Aitor que está buscando su teléfono tocándose los bolsillos, recuerda que dejo su teléfono en la guantera del coche. Cuando abre la guantera sale una bola de humo negro. Sin dudarlo, agarro una botella de agua de las que compro Alba y Blanca. Para apagar el fuego.

—¡El mío también se ha quemado! —dijo, Aitor. Con la mirada fija a su mujer.

—¡Ah! —grito, Gabriel—¡Sacármelo! ¡sacármelo!

Su teléfono móvil lo tenía metido en el bolsillo trasero del pantalón. A Gabriel como siempre le gustaba llevar los pantalones ceñidos al cuerpo, no podía sacarse el móvil, que literalmente le estaba quemando el culo.

—¡Quítate el pantalón idiota! —grito, Blanca. Que ayudo a Gabriel a bajarse los pantalones.

Una vez que consiguió quitárselo le dio una patada al pantalón. Quedándose semidesnudo de cintura para abajo.

—¡Adiós doscientos euros! —dice, indignado Gabriel—. Muchas gracias, Blanca —añadió.

Los teléfonos de todos quedaron echo una plasta, hediendo a plástico quemado. Gabriel se acercó al maletero para abrir su Samsonite, para ponerse un pantalón de nuevo. Vio una pequeña bolsita que tenía en un bolsillo pequeño en el lado derecho de la maleta. Que contenía dos gramos de cocaína.

<<Tú te vienes con `papi´>> pensó, Gabriel. Que se lo introdujo en uno de los bolsillos del pantalón.

—No era mi madre…—dijo, Alba. En voz baja—. Estoy segura que no era mi madre —volvió a repetir.

—¿Tu madre está mal de la cabeza? —pregunto, Gabriel. Con la sensibilidad de un sociópata.

—Claro que está bien, <<gilipollas>> —dijo, enfadada Alba—. A veces olvida las cosas, pero el otro día hable con ella y estaba genial, deseando mi llegada para verme.

—Qué raro… ¿verdad? —dijo, Blanca. Que se acercó para darle un abrazo—. Lo siento, por gritarte antes <<nena>>.

Alba le abraza también, con los ojos aun llorosos.

—No pasa nada, yo también me pase —Alba, le agarra la cara a Blanca, y le sonríe.

No saben lo que hacer, pero Aitor se le ocurre algo. Le gustaría investigar más sobre lo que ocurre en ese lugar, el, que tiene espíritu aventurero propone ir andando a la autopista A-7. Donde supuestamente sales al cruzar el atajo.

—Vamos a ponernos en marcha, tenemos que salir de aquí. A sí que vamos andando para salir de nuevo a la autopista —dice, Aitor. Que agarra la mano de su mujer.

—¡No! ¡no! ¡no! me muevo de aquí, que te quede claro—Gabriel, se imponía a ese plan—. Yo me quedare aquí a esperar a que pase alguien, quizá tenga suerte y se quede atrapado como nosotros una rubia de metro ochenta —dijo, con sarcasmo.

<<Si es mi `camello´ mejor>> pensó, Gabriel.

—Vale, quédate aquí, como tú lo prefieras, nosotros nos vamos —Aitor, se puso a caminar.

—Lo siento, pero yo también me quedo —dice, Blanca—. Prefiero esperar a que alguien venga, quizá solo estemos perdidos —añadió, intentando autoconvencerse.

—Venga <<tía>>, vámonos. No te quedes aquí —Alba, no quería dejar sola a Blanca.

—Hagamos algo, vamos tu y yo a la autopista, y buscamos ayuda ¿Qué os parece? —dijo Aitor, a su mujer

<<Eso, si no volvemos a los cinco minutos al mismo lugar>> pensó, Aitor.

—Vale <<cabezón>>, me parece bien —Gabriel, le da la mano—. Con suerte no acabareis siendo víctima de un loco.

Sonreía Gabriel.

—¡Estúpido! ¡que no digas esas cosas! —exclamo, Blanca—. Que te dejo solo —añadió, señalándole con el dedo.

Alba, junto con su marido, continuaron por el camino, para ver si eran capaz de salir de ese lugar. El bosque parecía tan viejo, que daba la sensación de que los árboles hablaban por causa del viento fuerte pasando entre las hojas.

Gabriel le propone a Blanca a buscar un buen sitio para sentarse. Para no quedarse de pie, y menos aún cerca del coche, por si había algún cazador de humanos suelto por la zona.

—Tengo la sensación de que alguien nos observa —dice, Blanca—, Espero que Aitor y Alba lleguen a la autopista pronto.

—Mírame Blanca —agarra Gabriel, a Blanca por los brazos—. No permitiré que nadie te haga daño.

Blanca sonríe, y dice:

—¿De verdad? —Blanca, se emociona—. <<Por fin un caballero, como dios ordena>> —pensó.

—No, la verdad es que no —dice, Gabriel—. Seguro que, si viene algún monstruo, por nosotros, saldría corriendo. Para que te devorase a ti antes, y me diera tiempo correr.

<<Como tiene bastante carne, seguro que me da lugar de correr hasta mi casa>> imagino, Gabriel.

—¡Que <<capullo>> eres! —expreso Blanca, a voces.

Gabriel, vio cerca del Opel Calibra abandonado, un pequeño muro para sentarse.

—Vamos a sentarnos aquí, a esperar.

—Vale, me parece bien guapo —piropeo, Blanca a Gabriel.

A Blanca le recorría un escalofrió por su espalda, que solo hacia observar el entorno.

—De verdad, que siento que alguien nos mira.

—Solo estas sugestionada Blanca —opino, Gabriel.

Era normal, que Blanca tuviera una sensación de que alguien los ojeaba, estaban en medio de la nada. Donde había una capilla que daba todo tipo de sensaciones, pero todas malas. Rodeados de árboles con un lago en frente, con una pequeña caseta, que sería el decorado perfecto de una escena de cualquier película de terror, donde se encuentran a alguien ahorcado en ella, victima, de un loco esquizofrénico.

Pero lo que más llamaba la atención era ese camino bajo el cartel, donde ponía:

<<Mina de carbón>>.

Un camino que se adentraba más aun en el bosque, que solo se podía llegar a apreciar un pequeño pozo a la izquierda de la entrada de ese camino.

<< ¿Qué habrá por allí? A lo mejor se puede salir de este lugar>> pensó, Blanca.

El viento corría con más fuerza que nunca.

—No creo que tarde mucho en llover —dice, Gabriel.

Blanca, ignora lo que dice Gabriel, y pregunta:

—¿Crees que… de verdad, esto es un laberinto?

—¿Qué otra cosa puede ser? No te <<rayes tía>>

—Todo me parece muy extraño…pasemos por el mismo lugar varias veces —dijo, Blanca. Que no se conformaba con esa explicación—. Creo que ocurre algo aquí, no se…tengo esa sensación.

No caminaron más de cinco minutos el matrimonio por ese camino, para percatarse de nuevo, de algo inusual. Vieron a menos de cien metros, a Gabriel y Blanca, sentados en el muro. Alba, dio la vuelta, para ver una cosa.

—¡¿Dónde vas Alba?! —pregunto Aitor, a voces.

—Espérame un momento —dice, sujetándose la barriga, mientras andaba deprisa.

Alba se situó en un ángulo, saliendo del camino, adentrándose un poco en el bosque, para llevarse una sorpresa. A la derecha veía el coche de ellos, y al fondo (algo más lejos), a Gabriel y Blanca, en cambio a la izquierda veía a Blanca y Gabriel, a menos de cien metros.

Aitor se acercó por si necesitaba ayuda su mujer.

—¿Esto es posible? —dijo, Alba. Pero con la voz algo temblorosa (por el frio, o por causa de lo que estaba ocurriendo)

—Es imposible —afirmo, Aitor. Que se frotaba los ojos, y le daba una calada a su cigarro.

Volvieron donde estaban, y empezaron a llamar a sus amigos, pero no escuchaban a pesar de estar a menos de cien metros. Alba, le pide a su marido que se quede quieto donde estaba.

—Ten cuidado tesoro.

—Tranquilo—respondió ella—. Cuando me veas con ellos, grita.

Alba se dirigió a Gabriel y Blanca. Cuando los demás la ven que aparece de repente por el camino, se miran Gabriel y Blanca, con cara de sorpresa.

—¡Esto es una maldita locura! —coloca Blanca, sus manos en su cabeza.

—¡Gritar! —dice, Alba—¡gritar fuerte!

—¿Qué dice? —pregunto, Gabriel a Blanca con duda.

Alba se acercó a ellos, y dijo:

—¡Gritar! ¡quiero ver si os escucha Aitor!

Pero cuando Alba, se dio cuenta al mirar atrás, que no veía a su marido, se quedó atónita y alarmada.

—¡Aitor! ¡Aitor! ¡¿Dónde estás?! —Alba grito, haciendo señas con su mano—. ¡Ven! ¡ven!

Aitor que estaba rompiéndose la voz a base de gritos. Vio que su mujer le estaba indicando que fuera hacia ella.

Sin esperarlo los demás, aparece Aitor por arte de magia o brujería, al inicio del camino.

—¡¿No me estaban escuchando?! Por poco me quedo afónico —dice, Aitor. Manoseando su garganta, que le molestaba.

—No te escuchábamos, pero tampoco te veíamos —confirmo Alba.

Aitor, se queda de piedra, y dijo:

—Como es posible...

—¿Nos ve cara de científicos? —pregunto Gabriel, siendo sarcástico con Aitor.

—Pero tú, ¿nos escuchaba gritar? ¿verdad? —cuestiono, Blanca.

—Cero, solo veía como hacían gesto con la mano, y abriendo la boca, pero no escuchaba nada —afirmo.

—¡Que bien! ¡estamos encerrado en otra dimensión! —dijo Gabriel, ironizando la situación que se estaba viviendo.

—Nosotros lleguemos a veros, en dos planos diferentes —anuncia, Alba.

—¿Diferentes? —Blanca, hizo un gesto con las manos, para calentárselas.

—Camine hasta salirme del camino, para penetrar en el bosque, buscando el ángulo de visión perfecto —expreso, Alba.

—¿Un ángulo de visión perfecto? ¿para que? —. Dijo con incertidumbre, Gabriel.

—Lleguemos a veros a ambos, a una distancia diferente, a la derecha nuestro coche estaba más cerca, y vosotros se veían más alejados, pero a la izquierda, vosotros apenas estabais a cien metros, pero el coche se divisaba a mayor distancia —explico, Alba—. No sé dónde estamos, pero creo que estamos atrapados en este tramo del camino.

—¡Todo por culpa de Abel! —se quejó, Gabriel.

Gabriel solo le echaba la culpa a Abel, por ser extranjero, pero los demás no pensaban lo mismo, algo que no entendían, estaba provocando ese fenómeno extraño.

Blanca, que estaba muy callada, alzo la cabeza, y dijo:

—Cuando me asusté en el coche, fue por que vi una mujer.

—Si, eso ya lo contaste, no te preocupes por eso —dice, Aitor—. Ahora, la mayor preocupación, es averiguar cómo vamos a salir de aquí —añadió.

—No os lo conté todo…pero la mujer que vi —calla, Blanca.

—¡Habla <<joder>>! —Gabriel, le agarra del brazo.

—¡Eh! ¡cuidado con lo que haces! —Alba, defiende a su amiga.

Blanca, con cara de asombro por la actitud de Gabriel, dice:

—La mujer que llegue a ver, era idéntica a mi…—calla de nuevo—. Estoy segura de ello —afirmo, sus palabras.

Aitor, da una última calada al cigarro, Y todo el mundo guarda silencio (la tensión se podía cortar con un cuchillo de juguete). Inicia a llover, gotas muy finas, pero frías como el hielo. Alba, propone a que deberían de buscar un refugio, para pensar en lo que estaba pasando, y tranquilizarse todos.

Todos miraron al mismo lugar, la capilla. Mientras que Aitor y Blanca, fueron al coche a recoger las cosas, Alba, junto con Gabriel fueron a la puerta de la capilla, que no estaba en muy buen estado. La puerta imponía respeto, en cada una de ella había una aldaba con forma de mano.

—Abre la puerta, Gabriel —mando Alba, a Gabriel—, no quiero hacer fuerza (por su estado).

Gabriel empujo, pero tenía la impresión de que esa puerta, hacía mucho que no la abrían. Pero insistió hasta que un sonido atronador surgía de la puerta.

—Tu primera —dijo, Gabriel.

Alba, entro asomando primero la cabeza, antes de meter todo el cuerpo en el interior de la capilla. Al respirar, el ambiente se sentía cargado, con un olor a madera húmeda podrida. Aun había bancos, donde antes se sentarían las personas a rezar, y escuchar el sermón del cura.

Al fondo, se hallaba un atril de madera, que por muy raro que pareciera, estaba en perfecto estado. Con una pila bautismal a la derecha de mármol, y al fondo, una cruz de madera.

—Fíjate, en los cristales <<tía>> —dice, Gabriel. Con su lenguaje vulgar.

—No me digas tía, porque no soy tu tía, habla bien. Que no tenemos dieciséis años.

Deja callado a Gabriel.

Pero, Gabriel, solo quería que se fijara en los ventanales tan hermosos que tenía la capilla. Sus cristales eran de colores, es como si vieran un arcoíris solo al mirar esas ventanas enormes.

En una zona del techo, donde debería de haber unas escaleras para subir al campanario, existía un gran agujero por donde entraba el agua.

—Parece más bien, una iglesia —comento, Alba.

—Podría ser que el <<moro>> se equivocara, y fuera una iglesia —dijo, Gabriel.

Alba lo mira de mala manera, por su comentario racista.

—Aquí, al menos, se hacían ceremonias —dice, Alba. Que tocaba la pila bautismal— <<Esta intacto>> pensó, Alba.

Aitor y Blanca, están casi en la entrada de la capilla. Pero Blanca deja de caminar para mirar el cartel que no estaba más lejos de cuarenta metros.

—¿Por qué te paras? —dijo, Aitor. Que sujetaba dos maletas—. Vamos adentro, estamos empapados —añadió.

—Mira ese camino —Blanca señala—. Me gustaría ir a mirar.

Blanca, se sentía atraída en visitar aquel lugar, un cosquilleo le invadía cada vez que miraba.

—Puede ser peligroso, parece que en la zona existía una mina de carbón —dijo, Aitor. Que mira el cartel—. Vamos adentro, necesitamos secarnos la ropa.

Llueve cada vez más fuerte. Aitor cierra la puerta de la capilla, pidiéndole ayuda a Gabriel. Todos hacen el inventario de lo que tienen, por desgracia, lo único que llevan de comida es lo poco que compraron Alba y Blanca en la gasolinera.

—Tenemos dos botellas de agua pequeñas y varios paquetes de papas —dice, Gabriel—. Genial, y dos refrescos azucarados, no tenemos comida ni para aguantar un día —añadió, inconforme.

—Estamos jodido —dijo, con preocupación Blanca.

—Vamos a relajarnos, agarrar ropa de las maletas y ponerla encima de los bancos, hoy dormiremos aquí —dijo, Aitor. Que miraba por el agujero del techo de la capilla como iba atardeciendo—. Al menos, dormiremos cómodo en la noche.

Alba que estaba mirando por la zona, encontró un barril de hierro, que podría servir para hacer una hoguera.

—Agarrar esto, haremos fuego, para no morir de frio —planteo, Alba—. También nos servirá para secarnos la ropa.

Aitor y Gabriel se encargan de coger pedazos de madera que habían esparcido por la capilla, y papel. Para meterlos adentro del barril. El viento azota los cristales de tal manera como si estuvieran a punto de romperse.

—Toma, cariño, enciéndelo tu —Aitor le da el mechero a su mujer. Que enciende la hoguera con un pedazo de papel en blanco, seco, de los que encontró Aitor y Gabriel.

—Aquí tienes —Alba, le devuelve el mechero a su marido.

Aprovecha para encenderse de nuevo un cigarro.

—Uf…, me queda muy poco tabaco —dice, Aitor. Que mira el paquete de tabaco, casi vacío.

—Mejor, eso te matara —le dice, Blanca. Alba asiente con la cabeza, dándole la razón a su amiga.

Cada uno se sentó en un banco, el calor que desprendía el barril estaba caldeando el ambiente. De esa forma los mantendría caliente si hiciera falta cuando llegara el frio de la noche noche.

Abrieron un paquete de papa, para no tener el estómago vacío. Sobre todo, Alba, que estaba embarazada y necesitaba alimentarse más que los demás.

—Abre una botella de ese refresco —propuso, Blanca.

Todos bebieron de la botella, pero cuando Aitor paso la botella a Gabriel, él se quedó mirando con cara de asco.

—No pienso beber, donde están todas vuestras babas.

—Peores cosas te habrás metido en la boca —dijo, bromeando Blanca.

—Hablo el burro de orejas —empina la botella, para tomar a tragos Gabriel. Sin tocar sus labios la boquilla.

<<Como si beber a trago, evitara tragar fluidos nuestros>> pensó, Aitor.

—¿Que creen que puede estar ocurriendo? —inicio, Alba. Hablando del tema.

Gabriel, que se tumba en uno de los bancos de la capilla, dice:

—Un agujero negro.

—No digas tontería —dijo, Aitor. Dándole una calada a su cigarro.

—Entonces listo, ¿Qué es?

—No tengo ni idea —guarda silencio Aitor.

—Lo tendremos que averiguar por nosotros mismo —dijo, Alba. Que miraba el reloj de pulsera de Gabriel— Gabriel, ¿Qué hora es?

Aitor mira el reloj, pero observa que las agujas están quietas.

—¡Joder <<tío>>! —exclamo, Gabriel.

—¿Que ocurre? —pregunto, Blanca, que se asustó por su grito.

—El reloj no funciona —agito el reloj—. Aquí, todo se rompe, por lo que veo —dijo, enfurecido.

Pasa un tiempo…perdiendo la noción del tiempo a no tener forma de mirar la hora que es.

Alba ojea por el agujero de la capilla, contempla que está escampando.

—Está parando de llover —Alba, se levantó—. Podríamos salir a averiguar qué demonios está ocurriendo—. Propuso, Alba.

Aitor que estaba mirando por la capilla, encuentra una soga vieja deteriorada, encima de un cubo de pintura, y dice:

—Esto podría servir —enseñando la soga a los demás.

—No entiendo, ¿para qué? —pregunto, Gabriel.

—Seguirme —dijo, Aitor.

Aitor, salió de la capilla, atrás lo seguían los demás. El quería comprobar una cosa en el tramo del camino, donde ocurría ese fenómeno, tan extraño.

—Agarra cariño —Le da un extremo de la cuerda a Alba.

Aitor coge el otro extremo de la cuerda.

—Cuando no me veas, pegas un tirón a la cuerda (seria el aviso de que había desaparecido). Y marcar con una piedra el lugar. Cuando me vuelvan a ver en el otro extremo, Que Gabriel esté atento y me dé un grito, para quedarme quieto.

Ya todos entendieron lo que quería hacer. Quería calcular la distancia del camino, antes de desaparecer y aparecer en el otro extremo de nuevo.

Cuando vieron a Aitor desaparecer un poco más lejos de donde estaba su coche, tiro Alba con fuerza, y Blanca coloco una piedra. El, cuando sintió el tirón, ato la cuerda en el tronco de un árbol, que estaba pegado al camino, y siguió caminando. Aitor podía ver a los demás en dos puntos diferentes, pero ellos, no podían verlo a él.

Camino de nuevo, desde el punto que sintió el tirón, contando más o menos los metros, llegando a un punto que de nuevo Aitor salió al inicio del tramo. Gabriel, grito:

—¡Para Aitor!

Aitor los veía, pero no sería capaz de medir la distancia solo. Era necesario el aviso de Gabriel, para calcular con exactitud los metros que había contado andando, desde que desaparece, hasta que aparece de nuevo.

Gabriel marco el punto con una piedra donde apareció de nuevo Aitor.

—¡Ya puedes soltar la cuerda tesoro! —grito, Aitor. Agitando arriba la mano.

Todos se reúnen en el centro del tramo.

—Vale, hay más o menos dieciséis metros de distancia, desde que desaparezco, hasta que aparezco de nuevo —explico, Aitor.

—¿Eso que significa? —pregunto, Gabriel.

—Que esos dieciséis metros, es un túnel, o puerta, como queramos llamarlo, a otra dimensión —respondió.

—Si fuera como dices, habría más personas adentro ¿no? —dijo Alba, dudando de la teoría de su marido.

—A ver, a ver, ¡pero eso no tiene lógica Aitor! Si fuera una puerta, podríamos entrar y salir por ella, cuando quisiéramos.

—Creo que Blanca, lleva razón <<tío>> —dijo, Gabriel.

Aitor, se quedó en silencio, unos segundos, y dijo:

—Pero…, ¿y si las puertas no siempre estuvieran abiertas? Quizás, cuando entremos por una de ellas, se cerraron.

—Quizás, cuando entremos…, nos quedemos encerrado aquí para siempre —dijo, Gabriel. Que se arrascaba la cabeza, con ahincó.

Aitor agarro un papel de su bolsillo, del que uso en la hoguera, y fue corriendo al coche, a coger algo para dibujar.

<< ¿Qué está haciendo?>> pensó, Alba.

Cuando volvió, trajo el papel con un garabato, y dijo:

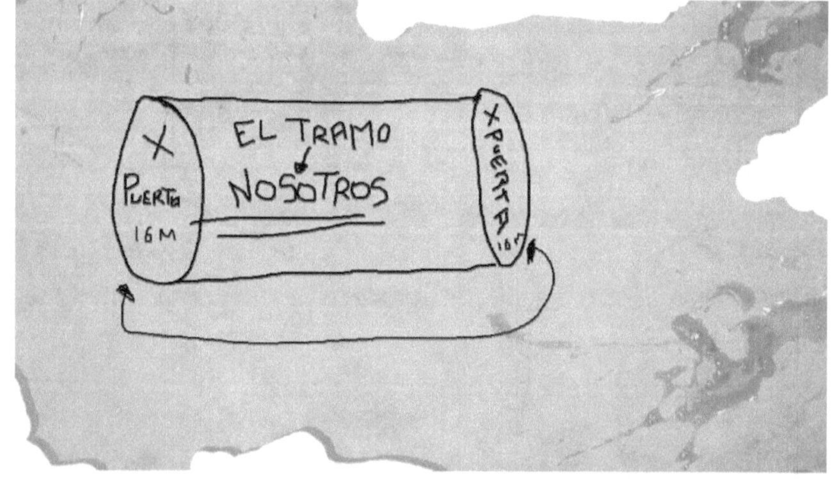

—Estos son los extremos del tramo, que en realidad son puertas, con dieciséis metros de longitud —señalaba con el dedo Aitor—, más allá, esta nuestra dimensión, pero al estar las puertas cerradas, volvemos, una, y otra vez, al mismo punto, como un círculo ¿entendéis?

—Pero, ¡¿cómo <<mierda>> salimos de aquí?! —exclamo Gabriel, muy inquieto (por la necesidad de volverse a meter cocaína).

—Lo único que se me ocurre, es esperar a que de nuevo se abran esas puertas a nuestra dimensión —propuso, Aitor. Encogiendo los hombros.

—No podemos esperar tanto tiempo aquí, no tenemos comida —dijo Blanca, con los pies inquietos por el frio.

—Moriremos… —dijo, desanimada Alba. Frotándose su barriga.

—Eso no va a ocurrir, te lo prometo —coloca Aitor sus manos en la cara de su mujer, mientras se lo dice—. Ahora, deberíamos de marcar los límites con algo.

Alba, recuerda el bote de pintura que vio, donde Aitor agarro la soga.

—El bote de pintura cariño, donde estaba la soga, eso nos podría servir —sugiere, Alba—, Yo voy a por la pintura.

—No vayas sola, por favor —advierte Aitor.

—Tranquilo, no tardo, será un momento —sonríe—. Ustedes ir haciendo algo útil —añadió, bromeando.

Alba, llegando a la puerta de la capilla, tiene una sensación gélida, a suspirar, mira como su aliento se vuelve espeso y frio.

Empuja la puerta con su hombro para entrar, por lo pesada que es la puerta. Una vez que esta adentro para buscar el bote de pintura, la puerta se cierra sola, dando un portazo abrumador, ella encoge los hombros del sobresalto y mira donde la puerta.

<<Que raro>> pensó.

A dirigirse de nuevo al frente para ir donde estaba el bote de pintura, tiene una sensación extraña. Siente como su bebe se menea inquieto, dándole patadas, y como el ambiente se carga de un olor a podrido que dificulta la respiración.

<<De donde viene ese olor corrompido>> se dijo a sí misma.

Alba, tapándose la boca y la nariz, se acercó a coger el bote de pintura. Los lloros de un bebe, hace que se gire a gran velocidad a mirar.

Se encuentra con una mujer y un cura, con un hombre que sostiene a un bebe cerca de la pila bautismal (se asemeja a la ceremonia de un bautizo, pero todos guardaban silencio, menos él bebe que lloraba). Adentro de la capilla oscurecía, a pesar de verse por las ventanas, que afuera, aun había un poco de luz. Del suelo se desprende una niebla densa, la oscuridad se apoderaba de la capilla. Ella, ando hasta la mujer, y grito:

—¡Quienes sois vosotros! —Alba, estaba confusa.

—Shh… —el cura, mandaba a callar a Alba.

El ropaje parecía ser de los años cuarenta, y sus rostros, mostraban una gran tristeza.

Alba insiste en comunicarse con esos extraños personajes, acercándose aún más a ellos.

—Disculpen es que nos hemos per...didos —dijo, en voz baja y temblorosa.

La mujer que estaba al lado de lo que parecía ser su marido, se dio la vuelta, mirando a Alba, y dijo:

—¡Déjanos en paz!

Se acerco con paso veloz a Alba gritando, con la cara desencajada y sus ojos, no se distinguía entre la oscuridad que inundaba la capilla.

—¡Nosotros queremos a nuestro hijo Oliver! ¡pero él está muerto! ¡no tenemos culpa de que tu no quieras al tuyo!

Alba, daba varios pasos atrás, hasta chocar en la pared.

—¡Solo queremos salir de aquí! —clamo, Alba. Que se tapaba la cara.

—¡Lárgate! —grito, la mujer.

Alba sintió la voz tan cerca de ella, que pudo percibir el aliento pútrido, de aquella señora de edad media.

—Solo quiero que nos ayudéis —dice llorando, Alba. Que se quita las manos de su rostro para ver a esa mujer justo en frente de ella.

—Vosotros, no nos ayudasteis —dijo, con una voz apacible.

Alba siente algo que le atraviesa la barriga, dejándola sin respiración e inmóvil.

—No puedo respirar—dijo, con la voz forzada.

Alba miro hacia su vientre, encontrándose la mano de la mujer atravesando su barriga. Y la señora que empieza a llorar, grita:

—¡Nosotros no nos merecemos esto! —señalaba adonde se encontraba el cura, con su marido y él bebe.

Alba mira donde señala la señora, para encontrarse en el suelo el cadáver, del hombre y el cura, con el niño muerto entre sus brazos en un estado de descomposición.

—¡Ah! —(sin poder moverse aun), grito Alba, que volvía a mirar a la mujer, viendo cómo se descomponía poco a poco, ante sus ojos entre llantos. Convirtiéndose en simple ceniza, tiznando su ropa.

Alba, recupera la movilidad, pero cae al suelo sin conocimiento.

IV

Oliver

—Cariño…Cariño —Aitor zarandea a Alba—. ¿Estás bien amor?

Alba, cuando recupera la conciencia, lo primero que ve, es a su marido asustado (por el estado de su mujer).

Ella se levanta y ojea su alrededor, y dijo:

—¡¿Dónde están?! ¡donde están! —clamo, Alba. Que miraba cada rincón de la capilla.

—¿Dónde está quién? —pregunto extrañado, por la actitud de su mujer.

—He visto a una mujer, con su marido y un bebe, estaban haciendo una ceremonia —Alba, tiembla. Recordando el momento de la mujer cuando se le acerca—. <<Como se llamaba el niño… como se llamaba el niño>> se preguntaba a sí misma.

>> ¡Ya! Ahora me acuerdo, se llamaba Oliver.

Su marido preocupado le agarra de las manos para que se siente.

—¡No! ¡déjame! —sacude las manos para que Aitor no se las sujetara—. La mujer se acercó a mí, me introdujo su mano en la barriga, ¡yo lo vi! ¡sentí como esa mano me atravesaba!

A Alba le vuelve a dar los dolores en su barriga, pero más fuerte.

¡Ah! —sitúa su mano en su ombligo, quejándose—. ¡Aquí mismo! ¡vi cómo me atravesó!

—Alba me estas asustando, necesitas descansar —el, agarro la mano de su mujer, para llevarla a un banco de la capilla—. Descansa, veras como pasara el dolor —, añadió, mientras le ayudo a tumbarse en el banco.

—Si, necesito descansar… —Alba cerro de nuevo sus ojos.

Cuando esta dormida, empieza a tener un sueño extraño.

<< ¿Dónde estoy? —se encontraba en una habitación—. Espera, esta es mi habitación cuando tenía seis años>>.

La habitación estaba pintada en rosa, con los muebles de color blanca, había esparcido por la habitación algunos peluches y muñecas. Y Alba, a respirar captaba el olor a fresa, era el ambientador que usaba su madre.

Entra una niña con cara de preocupación. Que comienza a lloriquear sentada en su cama, con una falda a cuadros que de ella salía unos tirantes del mismo color de la falda.

Abajo de sus tirantes, tenía una camisa blanca, que hace juego con sus medias, y sus zapatos negros.

<<Soy yo (…) —En ese justo momento entra el padre de Alba—. Mi padre, mi maldito padre>>.

El padre de Alba, entabla una conversación con Alba (la niña).

<<No llores cariño, papa te quiere —coloca su mano en el muslo de la niña—. Solo es un juego, ¿vale?>>.

<< ¿Un juego? Y una `mierda´>> pensó, Alba.

<<Pero, ¿me va a doler? —dijo, Alba de pequeña>>.

<<No te preocupes por eso, será algo rápido —acerca la mano, al interior de sus muslos>>.

<<Maldito cerdo, por eso me alegre tanto cuando te moriste>> dijo con rabia, Alba.

El padre de Alba, y ella, de niña, quedan congelados. Como si fuera un retrato, de mal gusto. Porque era el momento exacto, en que el padre de Alba, abuso de ella por primera vez.

Aparece la mujer que vio en la capilla, saliendo del armario de la habitación.

<< ¿Qué haces aquí?>> pregunto, Alba.

>> ¿Quieres matarme verdad?>>.

<<No estas preparada para ese niño, es mejor que me lo entregues a mí. Yo lo cuidare, yo cuidare su alma>> dijo, la señora, mirando a Alba.

>>Por vuestra culpa, el mío murió>>.

Incluso en el sueño, Alba estaba sintiéndolo tan real, que un frio calaba en sus huesos.

<<!Yo no mate a tu hijo!>> clamo, Alba. Que, de nuevo, sentía un dolor fuerte en su barriga.

<<Tu no, pero si tu gente>> dijo, la señora. Acercándose a Alba.

<< ¡¿Qué gente?! ¡¿Quiénes?!>> pregunto a voces Alba.

<<Los vivos>> dijo, la señora. Desvaneciéndose en el aire>>.

Alba despierta de nuevo, con un suspiro alargado. El cuerpo le tiritaba, y apenas sentía sus pies. Pero su dolor de vientre, desapareció. Lo primero que hizo, fue mirar en derredor si había alguien con ella, pero se percató de que estaba sola.

—Maldita pesadilla, que malos recuerdos —dijo, en voz alta—. ¿Por qué? Por qué ahora sueño con mi padre —añadió, levantándose del banco.

Alba, fue víctima de abuso sexual de su padre cuando era pequeña, tuvo que aguantar varios años, el acoso de su padre. Hasta los dieciocho, que pudo marcharse de su casa.

Instante después de alzarse del banco, escucha la risa de un niño, y pensó:

<< ¿Que ha sido eso?>>.

Alba, exploraba con la mirada la sala principal de aquella capilla, hasta que descubrió atrás del atril un niño, que parece estar jugando con algo. Tenía una vestimenta antigua, con una pequeña boina de color negro.

—Hola chico —dijo Alba, en un tono suave—. ¿Quién eres? —pregunto.

—Soy Oliver —responde, con una sonrisa.

Ella recuerda ese nombre de algo, y pensó:

<<Ese nombre fue el que me dijo la señora que me atravesó con su mano, cuando me señalo a su bebe>>.

—¿Qué haces aquí Oliver?

—Nada, solo jugando con mi pájaro —Oliver, se alzó— ¿Quieres verlo? —añadió, arrimándose a Alba, con las manos cerradas.

—Anda, que bonito —dijo, Alba. Teniendo un lenguaje con el niño amigable (no sabía si era un espíritu o una persona encerrada en esa misma dimensión).

—¿Lo quieres coger tu? —insiste Oliver, que levanta sus brazos hasta donde puede, para ofrecerle a Alba su <<mascota>>.

—Claro, por que no.

Era un canario amarillo, bastante bonito.

¿Te gusta? —sonríe, Oliver.

—Si, es precioso como tu —dijo Alba, para luego preguntarle—. ¿Qué edad tienes?

—Tengo seis años ¿y tú? —Oliver, tenía una voz dulce. Y tenía el mismo interés de Alba, en conocerse mejor.

—Yo tengo veintiocho años.

—¡Ala! —exclamo, Oliver—. Eres más joven que mi mama.

—Pero, ¿Dónde está tu madre?

—Supongo que en casa —el niño jugaba con el polvo del suelo inclinado—. ¡Bueno me tengo que ir! —se levantó para salir disparado hacia la puerta de la capilla.

—¡Espera!

—¡Lo siento, mi mama me llama!

<<No escucho a nadie>> pensó, Alba.

Oliver atravesó la puerta de la capilla. Alba se quedó asombrada, y no le quedo ninguna duda. Que Oliver y las personas que estuvo viendo, eran espíritus del mas allá.

—Se marcho sin su pájaro —Alba tenía las manos cerradas—. ¿Ahora qué hago con él?

Abre sus manos para ver al canario, pero se encuentra solo con el esquelético cuerpo del pájaro. Que tira al suelo con repelús, y piensa:

<<!Que me está pasando! ¿me estaré volviendo loca>>.

Justo, en ese instante, entra Aitor a la capilla.

—¡¿Dónde estabas?! ¡¿lo has visto?! —exclamo Alba, histérica.

—Cariño, estaba fuera, pero, ¡¿qué ocurre?! —Aitor no entendía la reacción de su mujer—. ¿Ver el que? —añadió, preguntando a su mujer.

—¡Al niño! ¡un niño pequeño! ¡con una boina negra! ¡acaba de salir justo antes de tu entrar!

—Tranquila, cálmate. Si hubiera salido un niño por esa puerta, lo hubiera visto —sitúa su palma de la mano, en la frente de Alba—. Parece que no tienes fiebre. ¿Estas mejor de la barriga?

—¡Como que no lo viste! —grito, como una loca Alba.

—¡Alba! ¿cómo estás de la barriga?, ¡te he preguntado!

—¡Que sí! ¡que estoy mejor!

—Sientes a nuestro bebe ¿verdad? —Aitor, se preocupaba.

—Él bebe está bien, te he dicho, ¡que he visto un niño y no me crees! —clamo furiosa—. ¡No estamos en otra dimensión paralela Aitor!

>>Ese tramo, ¡es la entrada al mundo de los muertos!

Alba, rompe a llorar. Aitor le da un abrazo, y le dice:

—Te creo cariño, claro que te creo —Aitor, calma a su mujer, y piensa:

<<Creo que le está afectando la situación demasiado, pero, ¿y si tiene razón? No es más descabellado, que la teoría de estar en otra dimensión paralela>>.

>>Pronto saldremos de aquí, estoy seguro —Aitor toca el vientre de su mujer—. Oye, la tienes menos hinchada —añadió.

—¿Sí? —Alba, le miro, de una forma singular.

—De verdad, pareces menos hinchada —insistió, Aitor—. ¿Tendrías gases? —bromeo.

—No seas bobo, andaría hinchada por el desayuno de esta mañana —respondió, Alba. Algo más calmada, limpiándose con las mangas de su jersey su rostro—. Por cierto, ¿por qué dices que pronto saldremos de aquí?

—Solo soy optimista —sonríe Aitor—, Tengo que enseñarte algo, que hicieron Blanca y Gabriel, por una vez hacen algo útil en su vida.

—¿Qué es? —pregunto Alba, con incertidumbre.

—Tu ven conmigo —agarro su mano.

Cuando salen, guían sus pasos al camino del tramo. Donde esta Gabriel y Blanca, colocando piedras. Creando un trazo a cada lado del tramo.

—¡Que pasa guapa! ¿estas mejor? —pregunto, Gabriel—. Nos diste un susto de muerte <<tía>>.

—Si, algo mejor (no menciono nada sobre Oliver, el niño).

—¡Cariño! ¡Tus ojos se volvieron blanco! —exclamo Blanca, como si fuera algo asombroso—. Pensé que te morías.

—Como ves, estoy bien —Alba, estaba distraída. Pensando en aquel niño.

—¡Me alegro <<tía>>! —Blanca le dio un abrazo—. Mira lo que estamos haciendo —señala con la mano las piedras.

—Veo que estáis marcando los limites —dijo, Alba— ¿Porque no usaron la pintura?

—Cuando abrimos el bote, vimos que la pintura estaba seca, parecía yeso —comento, Gabriel—. Pero mira, hemos marcado desde atrás de la capilla, hasta el lago, y en el otro extremo, desde el lago, hasta aquel muro pegado al cartel, donde pone: <<Mina de carbón>>.

>>De esta forma, sabremos donde esta los límites.

—Muy bien, parece que trabajaron durante toda la tarde —dijo, Alba. Que se colocaba bien el pelo.

—Si, mientras que tu dormías —menciono, Gabriel. Pero bromeando.

—Ja, veo que el tiempo que he estado inconsciente, no se te quito la estupidez —dijo, Alba.

—Ja, ja, ja —se puso a reír Gabriel—. Veo que a ti tampoco la <<malaleche>>.

—Bueno, bueno, mejor que paréis, que, entre bromas, acabáis siempre peleando—sugirió, Aitor. Que miraba como estaba anocheciendo—. Es casi de noche ya, ¿Qué hora será?

>>Que pena que tu reloj, y los teléfonos, se rompieran.

—Mira la hora en el coche —propuso Alba.

—¡Cierto! —dijo, frotándose la cabeza avergonzado—. Que haría sin mi mujer.

—¡Que harían los hombres sin las mujeres! ¡mejor dicho! —
dijo a voces, Blanca.

Aitor se acercó al coche, para ver la hora.

—¡Ya son las ocho! ¡deberíamos entrar! ¡y esta apunto de
llover! —grito a los demás.

<<Estoy harta de estar metida en esa capilla, lo que quiero
es salir de aquí, y que termine esta pesadilla>> pensó, Alba. Que
miraba el cielo nublado.

Todos se resguardaron en la capilla. Poco después volvió a
tronar y a llover, se dedicaron a recoger madera de adentro de
la sala para la hoguera. Partiendo algunos bancos en mal estado.
Aquella noche tenía <<pinta>> de que iba a ser fría y lluviosa.

Aitor se sienta junto con Alba, rodeándola con sus brazos,
los demás se aproximan a la hoguera, para calentarse, y mantie-
nen una conversación para tener la mente ocupada. Estaban
asustados, no sabían cómo salir de ese lugar, y tampoco saben
dónde están en realidad. Alba si lo tiene claro, era el mundo de
los muertos, un lugar donde los vivos y los muertos conviven.
Lo que no sabe aún, es porque está ocurriendo. Pero es consciente de que algo ocurre en ese lugar.

En cambio, Aitor tiene dudas, pero piensa que la teoría de
su mujer, es igual de disparatada, que la de estar atrapados en
otra dimensión.

<<No quiero morir aquí, quiero salir>> pensó, Gabriel.

Era, el que tenía más que perder, pensaba él. Es un hombre
de éxito, tenía dinero y mujeres, quería seguir con su vida llena
de vicios y lujuria, no quería morir de hambre en aquel lugar.

—Agua, no nos faltara, tenemos ahí mismo un lago —
afirmo, Gabriel.

—Pero tenemos que averiguar si el agua es potable, podríamos acabar todos enfermos —dijo, Aitor.

—Ya… —expreso Gabriel con poco ánimo.

Tienen poca comida, pero podrían aguantar sin comer varios días. El problema real sería el agua, si no fuera potable el
agua del lago, estarían muerto en menos de tres días.

—Necesitamos comida, si no conseguimos agua, pero conseguimos cazar algún animal, aguantaremos algo más —dijo
con seguridad, Gabriel—. Pero si nos quedamos sin agua y sin
comida, moriremos en pocos días.

—Yo mañana iré adonde esta aquel cartel de la mina, vi,
que hay un pequeño pozo —propuso Blanca.

Blanca tenía la sensación de que algo la estaba atrayendo a
aquel lugar, y quería averiguarlo.

—Que vaya contigo Gabriel —dijo Alba, mirando a Gabriel.

—<<Ni de coña>> no voy ni muerto.

—Eres médico, si le ocurre algo es bueno que te tenga cerca.
Aun que seas un médico pésimo —dijo, Alba.

—Pero cobro más que tu marido.

Aitor lo miraba con envidia, esas palabras le <<escocia>>
siempre en su orgullo.

—Pues de nada te sirve ganar más, eres menos inteligente
—dijo Alba. Burlándose de Gabriel.

—¡Vale! ¡Vale! ¡Qué voy! ¡fiera! —exclamo, Gabriel.

—Si no quiere ir, que no vaya, no me haces falta. Por poco antes me pega —expreso, Blanca. Agarrando un paquete de papa para que todos comieran.

—No te pases, yo no soy así. Solo que estaba alterado y nervioso.

Gabriel rememora su pasado, cuando su padre le pegaba a él y a su madre. Y recordó lo que ocurrió con Amanda.

<< ¿Me estaré volviendo como mi padre?>> pensó, Gabriel. Que se quedó en silencio y pensativo.

—Alba y yo, iremos al lago. Miraremos lo del agua —propuso Aitor—. Y nos pasaremos por la caseta del lago. Como hay un Opel Calibra, quizás encuentre alguna rueda, aunque no sean del mismo modelo, puede que nos sirva.

>>Necesitamos estar preparado, por si se abre de nuevo la puerta de esta maldita dimensión, poder salir a toda <<pastilla>> de este lugar.

—Mañana comprobaremos por si acaso si se puede salir —añadió Alba, a lo que dijo su marido.

El plan estaba listo para el día siguiente. Aitor junto con su mujer, irían a la caseta del lago, para ver si encuentran algo útil. Sobre todo, unas ruedas para el coche.

También mirarían el agua del lago, para ver si es potable, e intentarían cruzar de nuevo la puerta de esa dimensión, por si estuviera abierta, para poder escapar.

Blanca y Gabriel también tienen su cometido, ir donde el pozo para ver si tiene agua, y buscar comida, por si fuera necesario quedarse, obligados, en aquel lugar durante mas días.

103

Ya que la poca comida que tenían, solo los mantendría con energía un par de días, o tres, con suerte.

La oscuridad gobierna en el tramo, los relámpagos, es lo único que ilumina el cielo. Inicia a llover tan fuerte, que el sonido de las gotas golpeando el techo de la capilla, daba la sensación de que fueran disparos. Las ramas de los árboles que estaban alrededor de la capilla, chocaban en las ventanas, sin duda alguna, sería una noche larga.

Todos comieron, aunque fuera algo mínimo, para llenarse un poco el estómago. Bebieron, para luego dedicarse a algo muy simple, intentar dormir.

En la noche Gabriel abre los ojos, le cuesta dormir. El ruido es tan molesto que no le deja descansar. Mira a su alrededor para ver como todos los demás duermen como bebes.

<<Como es posible que puedan dormir con este ruido>> pensó, Gabriel. Que escuchaba el incesante goteo que caía del techo.

De golpe, cae algo del agujero del techo cerca suya. Gabriel se levanta para mirar que es.

<<Que raro…esto es… ¿carbón?>> dijo, así mismo.

Gabriel se situó bajo el agujero del techo, pero no vio nada extraño.

—Qué raro —dijo, en voz alta.

Justo en ese instante, una rama golpeo el cristal de la capilla con gran fuerza.

—¡Ah! —grito, Gabriel. Para luego taparse la boca, porque se dio cuenta de que estuvo a punto de despertar a los demás.

Llovía a cantaros, y Gabriel se sentía inseguro en aquel lugar.

<<Me quiero ir de aquí, tengo la misma sensación que Blanca, de que alguien me está observando>> pensó, Gabriel.

De nuevo el cristal retumbo con un golpe de una rama, y justo después, algo empezó a golpear la puerta de la capilla, como si alguien estuviera llamando.

—Tranquilo Gabriel, solo será el viento que arrastro algo hacia la puerta.

Gabriel se acercó a la puerta, para mirar que era. Pero cuando iba a abrir la puerta, volvió a escuchar un golpe en la puerta, que consiguió ponerle más intranquilo.

—¿Quién es? —pregunto—. <<Que tonto, quien va a ser>> —pensó.

Abrió la puerta de un solo tirón con fuerza, y se encontró con un hombre de su misma estatura en frente de el con una capucha que le recubría la cabeza.

—¡Quién eres! —grito, echándose atrás.

El personaje se quitó la capucha y le miro con unos ojos negros como la noche, y le dijo:

—Soy tu, acaso, no me ves.

La apariencia de ese hombre era idéntica a la de Gabriel.

El no dijo nada, solo cerró la puerta, y grito:

—¡Levantaros! ¡despertar!

Todos se despertaron viendo como Gabriel corría a un banco estremecido.

—¡¿Que ocurre?! —grito, Alba—¡Que te ocurre Gabriel!

Gabriel solo gritaba:

—¡Viene a por mí! ¡Blanca tenía razón!

—¿Qué has visto Aitor? Cuéntanos —dijo, Aitor.

Se levanta, y le agarra del chaleco a Aitor, y dice:

—Me he visto yo mismo, sus ojos negros, me mostraron mi muerte.

<<Fue lo que sentí yo, cuando vi esa mujer en el camino>> pensó, Blanca.

—Relájate Gabriel —intento tranquilizar, Aitor a su amigo.

Pero de nuevo de una forma súbita, comenzó a escucharse golpes en los cristales. La temperatura bajaba y del suelo volvía a salir la espesa niebla que Alba reconocía a la perfección.

La hoguera en aquel cubo de hierro se extinguió, rodeándoles a todos ellos la total oscuridad.

—¡Que ocurre! —grito Aitor, que uso su encendedor para poder ver algo.

Alba, señala a las ventanas, y dice:

—Son ellos.

En las ventanas de la capilla, se apreciaba que atrás de los cristales había unos rostros, aunque no eran capaz de verlos con nitidez por la oscuridad (aparte de la suciedad de los cristales), solo se veía las siluetas. Pero si era perceptible, que llevaban algo en las manos que los iluminaba.

—¡Dejarnos en paz! —grito, Aitor.

—¡¿Que queréis de nosotros?! —pregunto, Blanca.

Alba que apenas veía entre la oscuridad, llego a ver cerca del atril dos pequeñas bolas de luz rojas.

<<Que será eso>> pensó, Alba.

Alba se acercó, y esas pequeñas bolas rojas se juntaron, saliendo de atrás del atril Oliver.

—Quieren vuestros cuerpos, harán todo lo necesario para apoderarse de vosotros —dijo, Oliver. Con un tono temeroso.

—Ayúdanos a salir de aquí Oliver, por favor —suplico Alba. Que habla con Oliver atrás del atril.

—La única forma de escapar, es morir, para vivir…

—¡Alba! ¡ven aquí! —grito, Aitor. Que estaba pendiente a los individuos de los cristales.

Oliver, se asustó al escuchar el grito de Aitor, y se desvaneció. Convirtiéndose de nuevo en esas pequeñas bolas de luz roja. Que atravesaron la pared, donde arriba se situaba la cruz de madera.

Los intrusos que estaban acosándoles desde las ventanas, dejaron de golpear los cristales. Todos vieron como esos personajes extraños, se marchaban con calma.

Aitor salió corriendo a la puerta, pensando que querrían entrar por ahí. Pero no fue así.

<<Solo querían darnos un susto>> pensó, Aitor.

Gabriel estaba de pie nervioso, no podía quedarse quieto, se sacó de su bolsillo la bolsa de cocaína, y delante de todos empezó a esnifar, sujetándose con una mano, la otra mano, era tal su <<tembleque>>, que no era capaz de dejarla estable.

—¡Que haces! —grito, Alba—, Te necesitamos en buen estado, no drogado.

—¡Déjame en paz!

Alba intento quitarle la cocaína, pero él le dio un empujón dejándola caer al suelo.

—¡Ah! —grito Alba. Soltando un quejito mientras se agarraba su tripa.

Aitor, que estaba donde la puerta, fue corriendo a lanzarle un puñetazo a Gabriel. Que lo tumba del golpe en el banco.

Gabriel se queda boca arriba, con la nariz manchada de cocaína y sangre (por el golpe), fijándose como en el agujero del techo, esta ese individuo que era idéntico a él, mirándole con una mirada perversa.

—¡Ahí está! ¡viene a por mí! —señalo con su dedo.

Pero cuando miraron los demás, ya había desaparecido.

—¡Voy a morir! ¡Voy a morir!

—¡Relájate Gabriel! —sujeto Aitor a Gabriel— ¡Me estas asustando!

—¡Quita tus manos, eres un falso! ¡tú no eres mi amigo! ¡tu solo eres un envidioso más! —clamo Gabriel, que se pone en una posición fetal, frotándose los brazos.

Gabriel no dijo ninguna mentira, Aitor siempre lo había envidiado por la vida que llevaba.

—¡Joder! ¡Tenemos que calmarnos todos! —exclamo, Blanca—. Si quiere <<ponerse hasta las cejas>> de cocaína, que lo haga.

>> ¡Pero no peleemos entre nosotros!

Aitor, se acercó a Alba, para ver si estaba bien.

—¿Como estas? ¿te ha hecho mucho daño? —dijo, mirando a Gabriel enfadado.

—Estoy bien cariño, no te enfades con él, yo también los he visto, y he sentido el mismo pánico —expreso, Alba—, ¿Ahora me crees verdad?

—Claro que te creo, siempre te he creído.

Aitor siempre creyó a su mujer, aunque a veces tenía dudas, pero no solo de la teoría de estar atrapados entre muertos, sino también en la teoría sobre la dimensión paralela.

<<No estábamos ninguno de los dos equivocados, estamos atrapado en una dimensión, solo, que es la dimensión de los muertos, o eso creo>> divagó, Aitor.

—¿Esas cosas son espíritus? O ¿personas? —pregunto, Blanca.

—Son espíritus, conmigo se ha puesto en contacto un niño, que se llama Oliver —confeso, Alba.

—Y por qué a nosotros nos aparece alguien que es idéntico a nosotros, no lo entiendo—dijo Blanca confusa.

—Quieren vuestros cuerpos, son almas atrapadas en este lugar por algún motivo —respondió, Alba.

Gabriel se sentó bien en el banco, cuando escucho eso, y dijo:

—Lo siento Alba, por el empujón… —expreso Gabriel, su disculpa. Para luego guardar silencio.

—Tranquilo, entiendo tu angustia —dijo, Alba. Aceptando las disculpas de Gabriel.

Aitor aun lo miraba enfadado.

—¿Como sabes tú eso? —pregunto, Blanca.

—Oliver me lo ha contado —respondió, Alba.

—Pero, ¿podemos confiar en él? —pregunto de nuevo Blanca.

—No —dijo de una forma precisa Alba—. Pero es el único que me ha dado algunas respuestas a mis preguntas—añadió.

—Descansar, yo me quedare de guardia esta noche, por si vuelven —dijo, Aitor. Que se sentó al lado de la puerta de la capilla—. Mañana seguiremos con el plan, para ver cómo podemos salir de aquí.

Esa noche, nadie <<pego ojo>>. Ninguno era capaz de dormir, sabiendo que había espíritus malignos tras ellos para apoderarse de sus cuerpos. La noche fue eterna, el tiempo no cambiaba, aún seguía iluminando los relámpagos el cielo, y lo único que se escuchaba eran los truenos, junto con los árboles que azotaban la capilla sin piedad. Aquella noche no se dormiría, y lo peor aún, es que no saben cuántas noches deberán de pasar, con el miedo metido en sus cuerpos.

La única esperanza que tienen, es que mañana puedan encontrar la forma de salir de aquel lugar, y si no es así, al menos una forma de sobrevivir, Porque su mayor problema, no son los espíritus, si no, la escasez de comida y agua.

Si no tenían las energías necesarias, acabarían siendo víctimas de esos espíritus, que estaban ansiosos de tener un nuevo cuerpo para poseer.

Amanecía en el tramo, Alba fue la única capaz de dar una cabezada en vez en cuando. El resto, no llegaron a conciliar el sueño. Menos aún Aitor, que se quedó toda la noche de guardia.

<< ¿Qué hora será?>> pensó, Aitor. Que miraba por un agujero de la pared como estaba amaneciendo.

Gabriel se levanta, para ir donde Aitor, su cara es un rompecabezas, con los ojos inquietos y sus manos aun temblorosas. Recordando a ese ser, que lo observaba desde el agujero del techo, como si fuera su cena.

A acercarse a Aitor, se apoyó en un pequeño muro, y dijo:

—Aitor, <<tío…>>

—¿Que ocurre? Dijo Aitor, con recelo.

—No podemos estar enfadados, hemos pasado por muchas cosas junto —coloca su mano en el hombro de Aitor.

—Lo sé, pero jamás vuelvas a tocar a mi mujer. La próxima vez que lo hagas, no habrá espíritu que me impida matarte —dijo, mirándole a los ojos.

Gabriel, se arrepintió de lo que había ocurrido ayer. Empujo a Alba, que aun que no le cayera muy bien, podría haberle hecho daño, estando preñada.

<<Me pase con ella>> pensó, Gabriel.

—Oye Aitor, ¿te acuerdas cuando nos escapábamos de la escuela?

—Si.

—Y que, ¿luego tú me cubrías para que mi padre no me pegara?

—Si claro, aún recuerdo cuando tu padre te perseguía con el palo de la escoba —sonrió.

—Solo te tenia a ti, has aguantado todas mis <<gilipolleces>> —dijo, Gabriel. Dándole un golpe a Aitor en su hombro.

—Al menos, tú has tenido padres. Los míos siempre estaban borrachos como una <<cuba>> —recordó Aitor su infancia.

—Míralo por el lado bueno, podías salir donde quisieras, y no te decían nada —dijo, Gabriel.

—Supongo.

Alba se levantaba del banco, junto con Blanca. Acercándose a los demás, y dijo:

—Venga, salgamos. Sigamos con el plan, yo voy con mi marido al lago, y vosotros ir donde el pozo y la mina, quizás encontréis algo de comida.

>>Nosotros buscaremos las ruedas —propuso, Alba.

—Está bien, ¡en marcha! —exclamo, Blanca.

Alba y Aitor se despidieron de los demás, que se dirigían a aquel camino, que se adentraba en el bosque. Parecía el único lugar donde podían acceder sin volver a un punto del tramo una y otra vez. El matrimonio fue al lago, donde estaba la caseta, que aún no habían visitado. Pero antes, pasaron para ver los daños del coche.

—Tengo una rueda de repuesto, nos faltaría tres ruedas. La dirección no está del todo dañada, solo habría que cortar todo este alambre de pinchos, quizás allí encontremos alguna herramienta —dijo, esperanzado Aitor.

—¿Servirá cualquier rueda? —pregunto, Alba. Mientras tocaba la rueda de repuesto de adentro del maletero.

—Si coincide los tornillos, servirá. Lo importante, es que tengamos un modo de irnos si un caso se abriera de nuevo la entrada, de donde demonios estemos. —contesto.

Los dos fueron al lago, mirando a su alrededor por si había una de esas cosas observándolos.

<< ¿Sera más propenso en salir solo en la noche?>> pensó Alba, preguntándose a sí misma.

Llegando a la orilla del lago, Aitor inspeccionaba el agua. Percibiendo un olor fuerte de ella.

—El agua esta negra —dijo, Aitor—, Puede que sea por la mina de carbón, o algún producto químico que echaban, porque hiede a agua corrompida —añadió.

Observa que hay un desagüe al otro lado del lago.

—Mira —señalo con el dedo Aitor.

—¿Crees que echaban productos contaminados aquí? —pregunto, Alba.

—Es muy posible, es un lugar apartado y hay una mina, sería el lugar perfecto para tirar productos químicos —respondió, Aitor—. ¿Podríamos cruzar nadando?

—Creo que no cariño, está muy lejos —dijo, Alba—. Aparte, imagínate que hay una puerta como la del tramo, y quedemos atrapados en bucle, en medio del lago, una y otra vez. Acabaríamos ahogados.

—Cierto, no podemos arriesgarnos.

—Entonces, ¿esta agua no es potable? —volvió a preguntar Alba.

—Si hervimos el agua, y usamos carbón vegetal activo, puede que sí, pero si echaron algún producto muy fuerte, no creo que absorba todas las toxinas el carbón activo —explico, Aitor.

—Si fuera así, acabaríamos enfermos o envenenados... —dijo, Alba. Con desanimo.

—Esperemos que encuentre agua Blanca, usaremos el agua del lago, solo si es necesario —dijo, Aitor. Que se alzaba.

Fueron a mirar a la caseta del lago, cuando estaban apenas a cinco metros, se dieron cuenta que no era una simple caseta, era un pequeño embarcadero, que podían entrar por él, desde el agua.

Pero Aitor no se atrevía meterse en el lago, viendo en qué estado se encontraba. Miro la puerta, y vio que tenía un candado oxidado.

—Tiene candado, mierda.

Alba que miraba alrededor del pequeño embarcadero encontró una pala.

—Esto quizás te sirva —sonríe, Alba. Que le entrega la pala a su marido.

Aitor de dos golpes rompió el candado.

Cuando se adentraron en la pequeña casilla de ese embarcadero, lo primero que observaron fue una pequeña barca. Con una sábana encima.

—¡Aitor! ¡esto podría servir para cruzar el lago! —exclamo, Alba.

Aitor miro la pequeña barca, pero se encontró de que estaba dañada, por un lado.

—Nos hundiríamos como una piedra —dijo, Aitor—. Pero se podría arreglar —añadió.

El lugar le hubiera <<encantado>> a Blanca, estaba lleno de arañas pequeñas, había algunas estanterías, donde Aitor se entretenía a mirar por si encontraba algo útil.

Alba, destapa la barca, quitando la sábana que tiene encima.

—¡Cariño! ¡mira! —grito, Alba—. ¡Son ruedas! —exclamo con gran alegría, cuando encontró dos ruedas.

—¡A ver que mire!

Aitor ojeo las ruedas, no eran de un Opel Calibra, pero podrían servir.

—¡Eres la mejor tesoro! —besuqueo Aitor, a su mujer—. Ya solo nos faltaría una más.

La suerte no acabo en ese momento, porque Aitor en una de las cajas que había tirada por la casilla, encontró unos alicates que le serviría para cortar los alambres, un poco oxidado, pero le serviría.

El matrimonio se disponía a salir de la casilla con las ruedas, pero Alba, en el embarcadero de adentro de la casilla, ve una cosa brillar en el agua, algo que la atraía a que inspeccionara.

<< ¿Qué es eso?>> pensó, Alba.

Hasta que se dio cuenta de que era una rueda de coche.

—¡Aitor, por dios! Hay otra rueda ahí abajo —señalo, en varias ocasiones, agarrando a su marido del brazo—. Voy a mirar.

Alba, se tumbó de lado para alcanzar la rueda que les faltaba. Que estaba en el fondo del lago.

—Déjame a mi Alba —sugirió, Aitor— Te vas hacer daño.

Pero Alba, con lo <<cabezona>> que es, no se daba por vencida.

—Yo puedo, yo puedo… —estiraba el brazo—. Agárrame de los pies y bájame un poco.

—¡Alba estas preñada! ¡te vas hacer daño!

Alba, recapacito.

—Tienes razón —dio la razón a su marido, por primera vez en su vida.

Pero cuando fue a levantarse sintió que algo le agarro del brazo, y grito:

—¡Aitor! ¡algo me ha agarrado el brazo!

Aitor se tira al suelo para agarrar a su mujer. Pero es tal, la fuerza que la empuja hacia adentro, que se le escapa de entre sus brazos. Cayendo Alba, al fondo del agua, debajo de ese embarcadero.

Intento salir del agua, pero era incapaz, sentía como si el agua fuera más densa, como una gelatina. Alba vio dos luces rojas brotando de la oscuridad del fondo del lago, y Aitor intentaba con un palo que Alba se agarrara, pero sin éxito.

Cuando las luces se juntaron, emitieron una luz rojiza, que iluminaba el rostro de una mujer, idéntica a ella.

<<Viene a por mí>> pensó, Alba.

No puede aguantar más la respiración, y empieza a tragar agua. La mujer con una sonrisa frívola, observa cómo se está ahogando, y se acerca a la cara de ella. Pero Aitor, justo a tiempo se tira al agua, espantando al espíritu maligno. Y ayudando a su mujer a subir.

Una vez arriba, Alba inicia a escupir agua.

—¡¿Estas bien cariño?! —exclamo preocupado, Aitor.

—Espera… —dijo, Alba. Con mucho trabajo al respirar.

Aitor agarro la rueda que había sumergida.

—No entiendo, ¿Qué te ha ocurrido? —pregunto, Aitor.

—¡Me tiro uno de esos espíritus! ¿no lo viste? —respondió Alba. Temblando del frio, y por el miedo que le causo ese espíritu.

—No, solo vi que te hundías y que movías de un lado a otro los brazos. Intente ayudarte, con este palo —agarro el palo con el que intento ayudarla—. Pero a ver que no lo agarrabas, me tire a ayudarte.

—Aitor e…ra co…mo yo… —dijo, con tembleque Alba. Que le entro de repente un frio extremo por su cuerpo.

—Ahora me cuentas todo tesoro, lo primero es ir a la capilla, necesitamos cambiarnos y entrar en calor, si no, caeremos malos —dijo, con preocupación Aitor.

Los dos salieron del embarcadero con las ruedas. Aitor las guardo en el coche, estaban contentos porque ya tenían una forma de escapar si se abriera de nuevo las puertas hacia su mundo. Pero era consciente que no les quedaban mucho tiempo. Esos espíritus estaban buscando a muerte los cuerpos que deseaban poseer.

Encendieron una hoguera, y se vistieron con ropa seca. luego se sentaron a hablar de lo que había ocurrido. Mientras Aitor preparo un poco de carbón vegetal activo, improvisado. Para que Alba se lo tomara, para eliminar las toxinas que habia ingerido a tragar agua del lago.

—¿Que viste tesoro? —pregunto, Aitor.

—Ya te dije, a mí misma, me miraba con una frialdad, como si disfrutara verme morir. —respondió, Alba. Después de dar un sorbo a la botella, donde había introducido Aitor, el carbón activo—, luego se aproximó a mí, mirándome a los ojos, sentí… —guardo silencio, Alba.

—¿Sentiste el que? Termina de contar por favor.

—Sentí que me Moria, que me arrancaba algo de mí, como…si…

—¿Se llevará tu alma? —termino la frase Aitor.

—Exacto.

Aitor se acercó a darle un abrazo.

—Esperemos que Gabriel y Blanca, encuentren algo de comer, dijo Aitor.

—Ojalá estén bien, desde que lleguemos ayer, ese lugar me resulta algo inquietante.

—¿Tú también has tenido esa sensación? —cuestiono, Aitor—. Es como si algo me tentara a ir, pero a la vez me causara pánico.

>>Y me da la sensación de que, a Blanca, también le ocurre
lo mismo.

V

Lujuria

Blanca está mirando por el pozo, junto con Gabriel que la acompaña sin ningún interés de estar por esa zona del tramo.

—Tss...

—¿Que ocurre Blanca?

En el pozo no había ni una gota de agua. Y parece que, desde hace mucho tiempo, eso sí, era bastante profundo, lo suficiente para matarte, si te caes por él.

—Esta vacío, ¡joder! —dijo, desilusionada Blanca—, pensé que algo me atraía hasta aquí, hasta este pozo, y pensé que habría agua.

—Blanca, mira, puede ser que lo que te atraía de aquí no era el pozo, si no, aquello —Gabriel, miraba a través del camino.

Era un camino estrecho, a los lados había unos pequeños muros de piedra caliza, y al fondo, se veía una fuente de agua inmensa.

<< ¿Qué es eso?>> pensó, Blanca.

Los dos siguieron el camino estrecho, el frio había cesado un poco, pero ese lugar provocaba escalofríos. Al final del camino, cuando se ensanchaba un poco, encontraron algo que no imaginaban.

—¡Mira <<tía>>! ¡son casas! —exclamo, Gabriel.

—Es un pueblo abandonado…

—Mas bien una aldea —contesto Gabriel.

Ellos solo pensaron en que habría una zona de trabajo, ya que se ubicaba una mina de carbón en el lugar, pero no esperaban pequeñas casas abandonadas, rodeadas de árboles. No había más de cinco o seis casas, pero lo que sorprendía de verdad, era una fuente de agua que había en el centro.

Se aproximaron a ver aquella fuente, antigua, deteriorada, y como no, sin agua. De arriba salía unas manos, que recordaba mucho a las aldabas de la puerta de la capilla. Solo que estas manos sujetaban de la cabeza, a unos ángeles.

—Que mal <<royo>> ¿verdad? —dijo, Blanca. Con el presentimiento de que algo malo, había ocurrido en ese lugar.

—Cierto —Gabriel miraba a su alrededor, la sensación de que alguien le soplaba la nuca no se iba.

Las casas, algunas estaban derruidas, pero otras parecían intactas, se pusieron a buscar alrededor algo para poder llevar a la capilla, sobre todo las ruedas, pero no encontraban nada, les llamó la atención algo que había en el fondo del pueblo, una puerta negra incrustada en una roca, con una cerradura forjada.

Arriba a la derecha había un altavoz, y en el suelo, sin apenas verse, se distinguía lo que son unos railes.

—Puede que sea la entrada a la mina —dijo Blanca.

—Déjame que intente… —Gabriel golpeo la puerta con tozudez.

Pero fue imposible, apenas podía moverla.

—Puf…Esta puerta no parece ser de nuestro mundo —dijo Gabriel Dolorido.

—La puerta no es negra —afirmo, Blanca—. Mírate tu jersey —añadió.

Tenía Gabriel el jersey tiznado.

—Maldita sea, este jersey vale noventa euros.

—No mires por el dinero ahora —dijo, Blanca—, La puerta es negra porque hubo un incendio que la dejo así.

—Cierto, ¿que habrá ocurrido? —pregunto, Gabriel.

—No lo sé, pero lo vamos a averiguar, tu busca en aquellas casas, y yo buscare en estas, como es un sitio pequeño si tenemos algún problema, solo debemos de gritar ¿ok?

—No sé, si es buena idea separarse Blanca.

—¿Eres un <<cagon>>?

—Claro que no, pero si te ocurre algo, cualquiera aguanta a Alba, ella sí que me da miedo —respondió Gabriel.

—¡Venga! ¡menos hablar! ¡Y más buscar! —clamo Blanca.

Los dos se separaron para buscar por las casas, no habría problema si ocurriera algún inconveniente, solo deberían de gritar, ya que la distancia entre casas, solo era de veinticinco metros, sería difícil perderse.

Blanca fue a explorar una de las casas, por muy sorprendente que fuera, estaba todo intacto, unos sofás antiguos, cuadros con foto de familia, eso sí, no había luz ni lámparas. Como era de día, el interior estaba bien iluminado.

A Blanca le atrae una foto de varias niñas jugando a la cuerda.

<<Que feliz se ven jugando>> pensó, Blanca.

Pero en el lado derecho de la foto se observaba un hombre tirado en el suelo, inmóvil. Como si estuviera muerto.

—Uf… esto sí que me da malas vibraciones —dijo, en voz alta Blanca.

El hombre carecía de ojos y de pelo, con un traje negro. Daba la sensación de que llevaba tiempo muerto, porque el traje le quedaba holgado, como si estuviera desnutrido o en proceso de putrefacción.

Blanca se dispone a salir de la casa, al ver que no hay nada importante, ni agua, y menos aún comida. Pero cuando va saliendo de la casa, un sonido proveniente de atrás de una puerta, le llama la atención.

<<Clic… clic, clic, clic… clic, clic>>

<<Mm… ¿Qué será?>> pensó, Blanca.

No quiso quedarse con la duda y empujo aquella puerta, escuchándose un chirrido desafiante para los oídos de Blanca.

—Es una habitación —afirmo, Blanca. Al observar el mobiliario.

La cama estaba intacta, pero sucia, con manchas a saber de qué. Había un pequeño escritorio con una silla de mimbre deforme, y en la esquina, un armario pequeño.

<<Clic…clic…>>

De nuevo, escucho Blanca el dichoso sonido.

—¡Pero de donde viene! —dijo, levantando la voz. Examinando como una loca la habitación.

Hasta que se dio cuenta que el sonido provenía de adentro del armario.

—Ya te pillé —Blanca, Abre las puertas del armario.

Adentro se encontró con una máquina de escribir con un papel amarillento y algo escrito, Blanca, lo puso encima del escritorio.

—¿Te quieres comunicar conmigo?

<<Clic…clic, clic…clic>>.

Blanca mira boca abierta como la máquina de escribir, teclea por si <<sola>> las palabras:

<<Necesito tu ayuda>>.

—Dime, ¿¡qué quieres!?

<<Clic…clic, clic, clic, clic, clic…>>

La máquina se descontroló, escribía y escribía sin parar.

Blanca arranca la página amarillenta de la máquina de escribir, y lee:

<<Quiero tu cuerpo, quiero tu cuerpo, quiero tu cuerpo>>.

Blanca tira el papel al suelo asustada, y del armario sale dos niñas que la agarran y la sientan con una fuerza sobrehumana en la silla de mimbre del escritorio.

Las niñas la señalan con el dedo, y le dice:

—¡Gorda! ¡muérete ya! ¡vete de aquí maldita <<zorra>>! ¡tu lujuria te va a matar!

Blanca inicio a llorar, cuando mira sus manos y la vestimenta, no es como estaba vestida, ahora tenía un vestido rojo y su pelo, tenía echas dos pequeñas coletas, como le hacia su madre para ir al instituto. El entorno cambio convirtiéndose en su clase. Lugar, donde paso sus cortos años de estudio, fue acosada con insultos por su físico, incluso a veces, en los baños, los chicos, planeaban tirarle condones usados en la cara, mientras le gritaban:

<<!Trágatelo cerda!>>.

Las dos niñas se reían a carcajada, ella se quedaba quieta en la silla de mimbre, paralizada. Como le ocurría cuando era acosada en el instituto.

—¡Dejarme en paz! ¡Gabriel! ¡ayúdame! —grito Blanca. Pidiendo ayuda. Intentando de levantarse, pero una fuerza desconocida se lo impedía.

Nadie la escuchaba, nadie venía a socorrerla. Una de las niñas se acercó, y le dijo al oído:

—Vas arder en el infierno, puta.

Después de decirle eso, las dos niñas se metieron en el armario, desatando una gran humareda de él. Tanto que apenas podía respirar Blanca.

Cuando siente que se puede mover, sale al exterior de la casa, cayendo de rodilla, intentando coger aire.

Pero algo ha cambiado, tiene una sensación extraña. Blanca mira al cielo y nota como las nubes están quietas, el viento ha cesado, y ya no se escucha las ramas de los árboles chocando entre ellas.

—¡Gabriel! —grito.

Pero nadie respondía.

—¡Qué demonios ocurre en este lugar! ¡Si me queréis! ¡venir a por mí! —dijo, furiosa.

Blanca, decide irse a la capilla, en busca de Alba y Aitor. Sale corriendo como puede, su respiración sigue siendo forzada por el humo que trago.

Estaba corriendo por el camino estrecho, y se paró a mirar atrás, viendo como un grupo de niñas, se despedían de ella con la mano.

<<Son las niñas que vi en la foto>> pensó, Blanca.

Cuando volteo la cabeza de nuevo, y siguió corriendo, algo la freno. En el filo del pozo había una niña sentada, moviendo los pies, mientras decía:

—Este mundo conquistado por la lujuria, y quien lo gobierna, es una simple puta.

Después de decirlo, mira a Blanca. Para luego tirarse hacia atrás al pozo.

—¡No! —grito, Blanca. Que se acercó a mirar.

Pero cuando miro por el pozo, una mujer con su misma apariencia gateaba hacia arriba. Sin darle tiempo a Blanca de reaccionar, le agarro del pelo tirándola al pozo con gran vigor.

Gabriel, que estaba explorando una de las casas, no fue en ningún momento consciente de lo que había ocurrido. Jamás escucho los gritos de Blanca.

El, estaba tan tranquilo mirando los objetos personales de
un anciano, sabía que la casa perteneció a un anciano porque la
casa estaba llena de fotos de él. Con su escopeta y sus trofeos de
caza.

La casa era la típica de los años cuarenta o cincuenta de la
España rural, en el salón tenía una chimenea (bueno, lo que
quedaba de ella), y una cabeza de jabalí colgaba en la pared.

Gabriel entro a la habitación del señor, encontró un montón
de ropa tirada, muy vieja, y en una mesita había una foto del
anciano, con una nota que agarro para leer Gabriel, ponía:

<<Lo siento>>.

—Vaya, ¿qué es lo que sientes abuelo? —dijo, Gabriel.

Miro en el cajón de la mesita y encontró una pistola manchada de sangre reseca.

—<< ¡Joder>> tuviste <<huevos>> de matarte! —insinuó Gabriel a voces.

Gabriel agarra la foto del señor mayor.

Estaba medio calvo y muy delgado, tenía los dientes desgastados, que apenas se veían por su bigote frondoso.

—Normal que te hayas matado, con la vida que tenías, yo
hubiera hecho lo mismo —le habla a la foto—. Prefiero estar
muerto que vivir en este sitio, lo tengo claro.

Suena un objeto caerse, por algún lado de la casa.

—¿Que ha sido eso? —la cara de Gabriel le cambio por
completo.

Salió de nuevo al salón, y de nuevo escucho el sonido de algo caerse.

<<Parece una lata>> pensó, Gabriel.

Abrió una puerta, encontrándose con una cocina impoluta, brillante como la carrocería de un coche nuevo.

—Esto ya es otra cosa —dijo.

Empezó a abrir las puertas de los muebles de la cocina, encontrándose con un montón de latas.

—¡Sorpresa! ¡están intactas!

<<Esto nos servirá para alimentarnos varios días si fuera necesario>> pensó.

La cocina, al fondo había una pequeña despensa, donde había más latas de comida, y agua.

—¡Es tocino! ¡Cuánto hace que no como tocino!

El comía muy poco tocino y cualquier cosa que tuviera grasa, porque siempre llevaba una dieta equilibrada, para siempre tener un cuerpo atractivo para las mujeres. Pero en esa ocasión, quería celebrarlo a lo grande, agarro una lata y busco por los cajones un abrelatas.

—¡Eureka! ¡aquí estas!

Agarro una botella de agua y se sentó encima de la encimera a comer con sus propias manos, aunque hubiera cucharas limpias, no quiso perder el tiempo.

—¡Que rico dios mío! —exclamo con los ojos brillantes, Gabriel—. Ya solo me falta un gramo de cocaína, y sería el hombre más feliz del mundo —añadió, con la boca llena.

El tocino estaba jugoso, estaría más bueno caliente, pero a Gabriel no le importaba eso, ahora mismo, con la sed, y hambre que tenía, después de tirarse tantas horas comiendo apenas unas papas fritas, eso le sabia a gloria bendita.

Escucha unos golpes en el suelo, la madera vibraba. Algo se estaba acercando a la puerta de la cocina. El, se puso en pie de nuevo, atento a la puerta.

La puerta se abre de una forma paulatina, tanto que desespera a Gabriel.

—¿Quién es? —pregunto.

Cuando termina de abrirse se asoma un señor mayor.

<<Es el anciano de la foto, ¿será un espíritu?>> pensó.

—Disculpe por colarme en su casa, no era mi intención, pero no podemos salir de este lugar, ¿nos podría ayudar? —pregunto, nervioso Gabriel. Sabiendo que podía ser un espíritu.

Pero el señor mayor ignoro su pregunta, y le dijo:

—Te gusta mi comida ¿verdad? —dijo, el anciano. Pero Gabriel no lo entendía.

—¿Cómo? ¿No te entiendo? —pregunto, Gabriel.

El hombre vocalizo mejor, y dijo:

—Si te gusta mi comida.

—¡A si! ¡muchas gracias! Pero me tengo que ir ya, disculpa —Gabriel soltó la lata en la encimera.

Gabriel se quería largar de allí.

—¡No! ¡no te marches! Come, come. Habrás pasado mucha hambre hijo —dijo, el señor mayor.

Sin querer cabrearlo, Gabriel se sentó de nuevo a comer. La mirada del anciano lo ponía nervioso, miraba Gabriel al hombre y lo veía tan real, que no se creía que pudiera ser un espíritu.

—¿Eres un espíritu verdad? —pregunto, sin <<cortarse un pelo>>.

—No, no, para nada, solo soy un anciano que vive aquí desde hace mucho tiempo, ja, ja, ja —ríe, mostrando sus dientes desgastados—. Pero come, no seas tímido joven.

Sonreía el señor mayor, que miraba a Gabriel con apego. Y después de un par minuto tensos, dijo:

—No sabía que a los vivos os gustaba este tipo de comida.

Gabriel desconcertado, miro al anciano, y le pregunto:

—¿Tipo...? ¿A qué te refieres?

Los ojos del anciano se tornan en negro, la cocina emprende a deteriorarse. Los azulejos se caen al suelo haciéndose trizas, algunas puertas de los muebles se descuelgan y el grifo suelta agua de un color amarillento.

Gabriel se levanta, observa como cientos de cucarachas salen de los muebles, incluso algunas cayendo encima de su hombro, que las aparta como puede. En su boca siente como algo se mueve, y empieza a escupir en el suelo, observa los gusanos que tenía en su boca, cuando mira la lata de <<tocino>>, se da cuenta que está repleta de miriápodos.

Cae al suelo de cuclillas para vomitar.

—¡Buah! ¡qué asco! —grito, Gabriel. Que se limpiaba su boca, manchada de su propio vomito.

Después, sale corriendo, intentando darle un empujón al anciano, pero lo atraviesa. Mientras que el sale de la casa de ese viejo inmundo, se escucha la risa del anciano, burlándose de él.

—¡Ja, ja, ja! ¡Vuelve cuando quieras! —grito, el anciano.

Gabriel, una vez que sale y se encuentra en medio de la aldea, grita:

—¡Blanca! ¡Blanca! —mirando a su alrededor—. <<Donde se abra metido esta `tía´>> —pensó.

El no sabía lo que le había ocurrido a Blanca, intuyo en ese momento que Blanca se marchó junto con Aitor y Alba, dejándolo solo en ese sitio a merced de esos espíritus diabólicos.

<<Me dejo aquí la muy `perra´>> pensó.

Sin dudarlo, salió corriendo por el sendero que lo llevaba hasta la capilla. Cuando llego a ella y entro, se dio cuenta de que no había nadie.

<<Quizás estén en el camino>> imagino.

No dudo un segundo en ir en busca de ellos. Estaba en lo cierto, Aitor y Alba se encontraban donde el coche, terminando de arreglarlo. Gabriel llego sin apenas aliento, cuando Alba vio que no venía con Blanca, se asustó.

—¡¿Que ocurre?! —pregunto, Alba.

Aitor salió de abajo del coche que estaba aún cortando algunos alambres.

—¡Donde está la gorda de tu amiga! —grito, furioso Gabriel.

—Tranquilo Gabriel —dijo, Aitor.

La cara de Alba era un poema, Gabriel estaba aún más furioso que la noche anterior.

—¡Pero ¡qué ha ocurrido! —grito, Alba.

—Hay una aldea en ese lugar, ¡junto la mina de carbón! —exclamo, Gabriel. Que aun escupía al suelo, por el mal sabor que tenía en la boca.

—Pero, ¿Y Blanca? ¿No estaba contigo? —dijo, con incertidumbre Alba.

—¿No está aquí? —Gabriel se preocupó en ese momento por Blanca.

—¡No imbécil! —ofendió Alba a Gabriel.

Justo en ese momento se dio cuenta Gabriel, que dejo sola a Blanca en aquel lugar.

—¡Oh no! ¡esta aun allí, con esas cosas! —grito, Gabriel.

—¿Qué cosas? ¿qué te ha pasado a ti? —pregunto, Alba.

—Estábamos explorando la zona en busca de comida, cada uno fue a una casa, a mirar si había algo útil o comestible.

>>Pero, donde estaba yo, encontré una cocina, estaba impecable ¡os lo juro! ¡como nueva!

Gabriel habla tan nervioso que lo tiene que calmar Aitor, para que explique bien las cosas, le ofreció que se sentara en el asiento del piloto, y le dijo:

—Vale, cuéntanos todo, guarda la calma. Quizás Blanca este en otro lugar buscando.

—Llego un anciano, <<feo de cojones>>, y yo estaba comiendo una lata que encontré.

—¿¡Hay comida!? —pregunto Aitor. Alba estaba inquieta, preparándose para ir en busca de Blanca.

—Pensé que era comida, pero en un instante, el anciano me dijo: <<No sabía que a los vivos os gusta esta comida>> o algo parecido, y cuando me di cuenta, lo que estaba masticando, eran gusanos.

>> ¿El coche está arreglado? —pregunto.

—Si —dijo, Aitor.

Gabriel miro que estaba puesta las llaves del coche. Le dio un empujón a Aitor y cerró la puerta.

—¡Yo me largo de aquí! —grito, mientras giraba la llave Gabriel.

—¡No! ¡detenlo! —exclamo, Alba.

Aitor se metió por la ventanilla del coche como pudo, quitándole las llaves.

—¡Déjame irme! ¡déjame ir! —Gabriel, rompía a llorar como un proceso. Estaba bastante mal.

—¡No puedes irte Gabriel! —Aitor, le tiraba del brazo para sacarlo del coche. Pero se agarraba con fuerza al volante.

Aitor, llego a soltar a Gabriel del volante después de forcejear unos minutos.

—Tenemos que ir en busca de Blanca ¿entiendes? —dijo, Aitor—, De igual manera no podemos salir de aquí, lo intentemos antes Alba y yo, y nada —añadió.

Gabriel levanta la cabeza para mirar a Alba, y dijo:

—¿Eso es verdad?

—Si, por desgracia es así, estamos atrapados aun —dijo, decaída Alba—. Ahora lo más importante es buscar a Blanca, y comida para sobrevivir —añadió.

Cuando se calmó Gabriel, avanzaron hasta donde está el sendero que va hacia la aldea. Alba ve el pozo y se acerca a mirar. Es el mismo pozo por donde cayo Blanca, pero eso, no lo saben ellos.

—No hay agua —dijo, Gabriel—. Blanca ya miro —añadió.

En el pozo no había nada, solo oscuridad. En el fondo se podía llegar apreciar lo que eran escombros, pero nada de agua.

Después de cruzar el sendero, protegido por unos muros de piedra caliza. Llegan a su destino, la aldea.

—Parece un lugar tranquilo —dijo, Alba.

Gabriel los llevo hasta la casa, donde le ocurrió lo del extraño anciano. Pero no había nadie allí, solo un gran silencio recorría no solo la casa, si no la aldea entera.

—¡Blanca! ¡¿dónde estás?! —llamo Alba, a su amiga.

—¡Por favor! ¡soltar a Blanca! —grito Gabriel. Que tenía la corazonada, de que fue atrapada por uno de esos espíritus.

—No está aquí —dijo, Aitor.

Gabriel lo mira, y dijo:

—Si no está allí, tiene que está aquí —aseguro.

Alba le llamo la atención la fuente y se paró a ojearla un poco.

—Que extraño, ha llovido, y esta vacía… —dijo, extrañada.

Aitor que la escucho, le contesto:

—¡Cierto! ¡cómo no se me había ocurrido antes!

—¿El que? —pregunto, Alba.

—Deberíamos colocar algo para recoger el agua de la lluvia.

Todos estaban tan preocupados por los espíritus que se pasaron por alto la forma más fácil de tener algo para beber, reco-
lectando el agua lluvia.

Inicia un sonido ensordecedor por toda la aldea, el sonido
parecía provenir del altavoz que estaba cerca de la mina. Alba
se acercó.

—¡Parece una alarma! —confirmo, Alba. Que apenas escuchaba por culpa del sonido.

Ella miro la puerta de la mina, que estaba abajo del altavoz.
Y toco la puerta para examinarla.

—¡Ah! —le dio un pinchazo en su barriga—, <<Que extra-
ño>> —pensó.

—¿Estas bien? —dijo, preocupado Aitor. Mientras Gabriel
estaba buscando algo, alrededor de la entrada de la mina.

—Si, estoy bien, solo es un pequeño dolor —dijo, Alba. Que
se acariciaba el vientre—¿Por qué se habrá activado ahora la
alarma? —pregunto Alba.

—No lo sé, pero Blanca no está aquí, deberíamos de irnos a
la capilla —propuso, Aitor.

—Si, si, será lo mejor —añadió, Gabriel—, Pero antes…
Gabriel agarro un palo y golpeo el altavoz hasta romperlo.

—Ya está, se acabó esa alarma infernal —dijo, Gabriel—. Ya
nos podemos ir.

Pero Alba no quería irse sin su amiga, y pregunto a Gabriel:

—¿En qué casa entro Blanca?

—En aquella de allí, la que tiene la ventana rota —señalo,
Gabriel.

—Vamos a mirar —propuso Alba, mientras se acercaba a la casa.

Alba, entro con cautela a la casa, inspeccionando cada rincón de la casa, por si hubiera dejado alguna pista Blanca, de donde estaba.

Pero no encontraron nada, que pudiera descifrar lo que le ocurrió a Blanca.

<<Clic...clic...clic, clic>>.

—¿Qué es ese sonido? —dijo, Gabriel. Con sus ojos saltones agitados.

—Viene de aquí —señalo Aitor, a una puerta.

Adentro del habitáculo, vieron con sus propios ojos, como la máquina de escribir, estaba funcionado por si sola.

<<Clic, clic...clic, clic>>.

Alba se acercó a ver que ponía, y lee en voz alta:

<<Todas vuestras almas, están condenadas por vuestros pecados>>.

De nuevo, la alarma retumba en toda la aldea.

—¡Como es posible! ¡rompí la alarma! —grito, Gabriel.

Salieron afuera de la casa y lo que vieron, los dejaron sin palabra. El altavoz estaba intacto, como si Gabriel, no lo hubiera golpeado, sin ningún rasguño (solo viejo y sucio).

El cielo empezó a nublarse, cada vez más y más.

—¿¡Que ocurre cariño!? —pregunto, Alba.

—Creo que son ellos —dijo, Aitor.

En un instante el día se convirtió en noche, la lluvia volvió a renacer de entre las nubes. Unas nubes que no eran grises, eran más bien negras, como el azabache.

—¿A que huele? —pregunto, Gabriel. Que percibió un fétido olor en el aire.

—Huele como a metal —dijo, Aitor.

El olor era insoportable, pero en sus bocas, iniciaron a degustar un sabor que Aitor, reconoció.

—¿Sentis ese sabor en la boca? —pregunto Aitor—. Me sabe la boca a yodo —añadió.

—¡Si! —contestaron, Alba y Gabriel.

Oscureció tanto, que apenas se podía ver. Aitor, encendió su mechero, pero no llegaba a iluminar, ni las caras de los demás.

—¡Vámonos ya! ¡Que le den por culo a Blanca! —exclamo, Gabriel.

—Tenemos que irnos cariño, vendremos luego por tu amiga —dijo, Aitor.

Alba no se quería ir, pero no le quedaba de otra.

Guiaron sus pasos hacia el sendero para volver a la capilla, agarrados de las manos, porque la visibilidad era casi nula. Pero unos murmullos llamaron la atención de todos ellos.

—¿Qué es eso? —pregunto, Alba. Que agarraba fuerte a su marido.

—Sigamos, no nos paremos —propuso, Aitor.

Las ventanas de todas las casas de la aldea se iluminaron, asomándose por ellas varios individuos, que se reconocía a la perfección sus rostros y como sostenían unas velas, entre ellos se encontraba el anciano.

—¡Oh no! ¡es el! —señalo, Gabriel. Que observo en una de esas ventanas, al anciano que jugo con él.

—¡Debemos marcharnos ya! ¡no se suelten! ¡solo corran! —grito, Aitor. Que tiraba del brazo de su mujer.

Pero el mechero dejo de hacer su función, iluminar. Quedándose todos a oscura en aquella aldea sombría, a disposición y con la esperanza, de que esos espíritus no les hiciera nada.

Las velas de los extraños se apagaron, ya no se podía ver nada, solo oscuridad. Aitor intentaba una y otra vez encender el mechero, pero sin éxito.

El silencio cundía en el contorno de todos ellos. Guardaron silencio, pero cuando Aitor consiguió prender el mechero. Se dieron cuenta de que estaban rodeados de esos seres, todos inmóvil, pero atentos con sus ojos negros y llenos de ira.

Cada uno sostenía una antorcha apagada, que en un instante prendieron todas a la vez, iluminando toda la zona.

—No se separen —dijo, Aitor. Que continúo caminando agarrando la mano de su mujer.

Gabriel ponía la espalda junto con la de Alba, y le agarraba del chaleco, para no separarse de ella.

—No me dejen aquí —dijo con miedo, Gabriel.

Los espíritus que vestían como lugareños de los años cuarenta o cincuenta, observaban atentos cada movimiento que hacían los vivos. Cuando Aitor estaba lo suficiente cerca del principio del sendero, y vio luz al final del sendero, grito:

—¡Correr!

Todos corrieron como <<alma que lleva el diablo>>, los espíritus, iniciaron a correr tras ellos. Todo parecía un juego para ellos, como una caza clandestina de zorros. Algunos reían, y otros gritaban:

—¡Matarlos!

Mientras sostenían sus antorchas en las manos.

El sendero para salir de la aldea, nunca había parecido tan largo, se hizo eterno cruzarlo.

Lo primero que hicieron al entrar a la capilla, fue cerrar la puerta, y atrancarla con los bancos. Empezó a resonar los golpes cada vez más fuerte en la puerta. Aquella muchedumbre tiró las antorchas por las ventanas.

—¡Nos quiere quemar vivos! —exclamo, Alba. Que agarraba las antorcha para volverlas a tirar por la ventana.

—¡Aguanta Gabriel! Voy en busca de otro banco —dijo, Aitor.

Aitor coloco otro banco para que aguantara la puerta, pero por el agujero del techo, tiraron varias antorchas más. Alba, no podía prevenir que consiguieran prenderle fuego a la capilla.

—¡Está ardiendo! ¡está ardiendo! —grito, Alba.

—Aguanta todo lo que puedas Gabriel, tengo que ayudar a Alba a extinguir el fuego.

Afuera se escucha una explosión, que no saben de donde proviene.

—¡Que ha sido eso! —dijo, Gabriel.

Aitor con su propia ropa intento extinguir el fuego, pero no había manera. El fuego se estaba comiendo la capilla.

—¡Aitor! ¡no voy aguantar mucho más! —clamo, Gabriel. Apretando los dientes, mientras apoyaba su espalda en el banco empujando como un toro.

Algunos de los espíritus que les acosaban entraron por el agujero del techo de un salto.

—¡Han entrado! —Voceo, Alba.

Gabriel no pudo aguantar mucho más, la puerta acabo viniéndose abajo. Si no fuera, porque se apartó Gabriel, le hubiera caído encima.

Todos se reunieron en medio de la capilla, tosiendo, y con ese sabor a yodo en la boca, Gabriel en vez en cuando alzaba la vista, y vio como el anciano se acercaba sonriéndole. Alba miraba como el cura entraba por la puerta de la capilla (el que vio al principio, junto con el padre y la madre de Oliver), y se situó en frente de ella.

<<Este es nuestro fin>> pensó, Alba. Que ponía su mano, en su barriga.

Escucho una voz, en su cabeza, que le dijo:

<<Aun no es tu momento>>.

Alba, se levantó, viendo a todos esos seres de ojos oscuros como la miraban.

—Levantarse —dijo, Alba.

Los demás, extrañados, también se levantaron.

Gabriel, dijo:

—¿¡Que queréis de nosotros!? —pero los espíritus guardaban silencio.

El fuego seguía consumiendo la capilla, pero esos seres solo
miraban, no hacían nada más que mirar. Quizás, esperando la
muerte dolorosa de los tres.

Cuando el fuego estaba a punto de llegar a ellos… sintieron
una fuerza que les impedía moverse con libertad.

—¡Que me está ocurriendo! —grito, Aitor. Pero Alba guardaba la calma.

—¡Ah! ¡no puedo menearme malditos! —clamo Gabriel.

El fuego estaba tan cerca que podían llegar a palpar las llamas. Pero Alba no se inmutaba, algo le decía en su cabeza, que
guardara la calma, que no era su momento.

Oliver, se abre camino entre los demás espíritus, la presencia de Oliver, causa en todos, una paz indescriptible.

Levanto la mano, y Alba se agacho para que pudiera tocarle
la cara. La miro a los ojos, y le dijo:

—Aun, hay luz en tu interior.

Después de que Oliver dijera eso, los espíritus se convirtieron en humo negro… marchándose por la puerta y el techo de
la capilla.

Todo dejo de arder, la puerta, se situó en el mismo lugar,
como si nada hubiera ocurrido. Y todo lo que se había quemado
(incluido la ropa de todos), volvió a su estado original.

Oliver con una voz dulce, dijo:

—No todos somos malos, y no todos debemos de pagar las
mismas consecuencias.

Volvió a desvanecerse poco a poco, hasta convertirse en aquellas dos pequeñas luces rojas. Para luego, atravesar las paredes de la capilla. Aitor, miro a su mujer, y dijo:

—Estamos vivo —con cara de asombro. Alba, sin pensarlo, se lanzó a sus brazos para besarlo.

Gabriel, sin entender aun nada de lo que había ocurrido, cayó al suelo rendido.

Aitor, asomo su cabeza por la puerta de la capilla, mira al cielo, y observa que es de noche.

<<Que raro, si era de día>> pensó, Aitor.

Al menos, la lluvia de nuevo había dado un descanso, pero el cielo seguía ennegrecido. Aitor escucho unos gritos y fue a mirar por la esquina de la capilla.

—¡A dónde vas, Aitor! —exclamo, Alba.

Aitor estaba contemplando como varios de esos <<seres>> volvían a meterse por el sendero, donde está la aldea.

<<Que tendrán planeado>> pensó, Aitor.

De nuevo una explosión hace retumbar la capilla. Aitor, intuye que viene del tramo, cuando miro, encontró una gran columna de humo negro, y un olor a plástico quemado.

—¡Chicos! ¡mirar! —exclamo, Aitor.

Los demás se asomaron, y Gabriel dijo:

—¡Joder! ¡tío! ¡creo que es tu coche!

No se lo querían creer, pero, aun que no se viera por los árboles, se intuye entre ellos, una gran bola de fuego. Iluminaba, gran parte del tramo.

—Es el origen de la primera explosión que escuchemos, cuando estábamos atrapados —dijo, Gabriel. Que se situaba por delante de los demás.

—Estamos atrapados —lamento, Aitor—, sin duda alguna, no nos dejara irnos —añadió.

Alba, estaba atrás de ellos, pensando en otra cosa, que el coche lo hubieran quemado, no es una preocupación para ella, porque sabía que esos espíritus no los dejarían escapar de aquel lugar. Que nunca, se abriría de nuevo la puerta a la dimensión de los vivos.

<<Estamos condenados, por nuestros pecados>> pensó, Alba. En el papel que leyeron en una de las casas abandonadas.

>>Oliver dijo; que aun había luz en mi interior, quizás tengamos aun una escapatoria (…) ¿pero ¿cuál? —se dijo, a sí misma, Alba.

Todos se metieron de nuevo a la capilla cerrando bien la puerta, atrancándola por si un caso, esos espíritus volvieran a molestarles. Cogieron cada uno un sitio, pero antes, Aitor alimento una hoguera, porque hacia bastante frio.

Blanca, fue la primera en romper el silencio de la sala, cuando, dijo:

—No nos van a dejar escapar, al menos no todos.

—¡¿Por qué dices eso?! ¡no digas eso ni en broma Alba! —dijo, Gabriel. Con palabras que contenía una desesperación notable.

—Entiendo a lo que te refieres tesoro —dijo, Aitor—. La <<puerta>> a nuestra dimensión, no se abre por casualidad. Son ellos quien la abren, atrapando a los vivos aquí.

—¡No entiendo! ¿que hemos hecho. para merecernos esto? —pregunto, Gabriel.

—Acordarse del mensaje que leímos en aquella máquina de escribir; <<Estamos condenados, por nuestros pecados>> —recordó Alba, a los demás—, Estamos aquí por algo, algo que tiene que ver con nosotros.

>>De cómo hemos sido con los demás (…)

Gabriel no quería creerse lo que Alba dice, se levantó, y dijo:

—¡Que más da como seamos! Tiene que haber otra explicación —dijo, Gabriel. Temiendo, que, por su actitud, no saliera de allí con vida—. Porque, ¿nos hacen esto? —añadió, sentándose de nuevo en el banco.

—Ojalá lo supiera, pero, por los mensajes y las palabras de Oliver, algo se nos escapa. Y ese algo, es lo que nos tiene aquí atrapados —expreso, Alba. Colocándose bien el pantalón, que le apretaba.

—Me estás diciendo, que, para salir de aquí, ¿tenemos que ser mejor persona? —sugirió, Aitor.

—A lo mejor, ya no tenemos solución, quizás, lo importante no es como seamos ahora, si no, como fuimos.

>>Debemos de averiguar, el por qué, nosotros. El por qué nos hacen esto, la gente que vivieron aquí, porque, sus espíritus siguen atrapados en este lugar.

>>Y porque nosotros acabemos aquí, junto a ellos —dijo, Alba.

—¡Pero si yo soy perfecto! —exclamo, Gabriel.

—Eres soberbio Gabriel —dijo, Alba.

Aitor mira a su mujer, y dijo:

—Tu eres avariciosa, siempre lo has sido.

—Y tu envidioso —expreso, Alba—. Siempre has envidiado a tu amigo Gabriel —añadió.

—¿De verdad <<tío>>? —dijo, Gabriel, algo confuso.

—Si —confeso, Aitor—. Odio trabajar allí, odio dedicarme día y noche en ese consultorio cobrando una <<mierda>> — Aitor miro a su mujer, y añadió:

—Y odio que mi mujer no me de cariño cuando lo necesito. Que me mire como un fracasado a veces (…)

—Perdón cariño —dijo, Alba. Agarrando la mano de Aitor.

<<Quizás, confesarnos, sea el principio de la solución>> pensó, Alba.

—Hagamos algo, vamos a sincerarnos entre nosotros, a lo mejor, sea parte de nuestra salvación, algo tan sencillo, como la confesión —propuso, Alba.

A Gabriel le parece una tremenda tontería, pero por intentar salvarse, no dudaría en hacer cualquier cosa.

—Empezare yo —dijo, Gabriel—. Aitor, no tienes nada que envidiarme, soy un adicto, estoy ahora mismo que no vivo, por-que necesito una dosis de cocaína.

\>\>En mi trabajo me va bien, tengo dinero y mujeres, pero nadie me ha querido, tú tienes mujer, aunque a veces sea un <<coñazo>> —sonríe a Alba—, pero te quiere (…)

\>\>Soy clasista, homófobo, racista, machista ¿y tú me envidias a mí? El envidioso debería de ser yo, porque tienes algo, que yo, con todo el dinero que tengo, no he conseguido jamás.

Gabriel desahogo todo lo que llevaba adentro. Aitor, encendió un cigarro, y pensó:

<<Solo me queda dos>>.

—Bueno, ahora me toca a mí, supongo —dijo, Aitor—. Aparte de que siempre he envidiado a quien más ha tenido, tampoco fui un buen marido.

\>\>Desee siempre tener una vida llena de lujuria como la tuya —miro a Gabriel—, Me hubiera gustado cambiar mi vida, aun que os quiera mucho, a ti, y a nuestro bebe —giro la cabeza hacia su mujer.

Alba, miro a su marido a los ojos, y le confeso:

—Yo he sido siempre una egoísta, no he visto todo el esfuerzo que has puesto para que saliéramos adelante.

\>\>Solo mire por mí misma, por mi clínica, y nunca por ti, por tus sueños o lo que querías hacer en tu vida. Te has sacrificado por mí, te quedaste conmigo en Las Negras, pudiendo tener mejor futuro en otro lado, y todo por mi —dijo, Alba. Que apretaba la mano de su marido con rabia.

\>\>He sido muy avariciosa cariño, lo he querido todo, un marido con dinero, una clínica de animales con éxito, y me frustraba, porque no conseguí nada de lo que quería.

>>Pero lo que más me duele, es este bebe, que llevo dentro de mí, porque nunca lo he deseado, nunca lo he querido…

Aitor, le sorprendió las palabras de su mujer.

—Nunca quise sacrificar nada de mi vida por nadie, ni por mi bebe. Me merezco más que nadie, estar aquí atrapada —confeso Alba.

—¡Uo!… Pues sí que nos hemos desahogado —dijo, Gabriel. Que miro la cara mustia de Aitor.

Aitor cambio el tema, y dijo:

—Mirar lo que queda (…) —mostro, un paquete de papa, y una botella de refresco.

—Dejarle algo a Blanca, por si vuelve —dijo, Alba.

—Vale, comamos algo, si queréis, descansar, yo me quedare de guardia —dijo, Gabriel— ¿vieron el cielo como esta? Es como si fuera de noche, pero es imposible…

—Creo que las normas del tiempo, o del día y la noche, son controladas también por ellos —intuyo, Aitor—, Si quemaron el coche, no tendremos ni un reloj para mirar la hora que es —añadió.

—Creo que eso ya no importa cariño —dijo, Alba.

—Ya (…) entiendo.

Aitor y Alba, intentaron descansar un poco. Gabriel, se quedó en la puerta, observando el cielo oscuro, y como en el ambiente había un hedor raro.

Después, de un tiempo, Aitor se levantó de su breve descanso, para mantener una conversación con Gabriel.

—Gabriel, por lo de antes (…) —dijo, Aitor. Con timidez—.

Quería decirte…que disculpa, por no ser sincero contigo nunca.

—<<Tío>> no tienes que darme explicaciones, creo que todos nos hemos equivocado —contesto, Gabriel.

—Tienes razón, seguimos siendo amigo, ¿verdad? —pregunto, Aitor.

—¡Claro que sí! tú me perdonaste incluso que empujara tu mujer, tu solo dijiste la verdad, y por eso, nadie se debería de enfadar —declaro, Gabriel.

Aitor miro a su mujer, que estaba dormida, y pensó:

<<Tiene razón, nadie debería de enfadarse por decir la verdad>>.

Aitor, relevo a Gabriel, para quedarse haciendo guardia. Después de un tiempo prolongado, Aitor llamo a gritos a los demás.

—¡Venir! ¡venir! ¡mirar esto!

Alba se despertó, estiro los brazos, y dijo:

—¿Que ocurre cariño?

—¡Mirar el cielo!

Gabriel, se levantó de un salto, y se acercó junto con Alba a la entrada de la capilla.

El cielo estaba aún gris, pero un gris muy oscuro, parecía, que era de noche. El aire estaba cargado, como la zona de un bar exclusivo para fumadores.

—Huele a quemado —dijo, Gabriel.

—Si (…), es como si oliera a carne quemada —añadió, Alba.

—No es de noche —aseguro, Aitor—. Es solo humo negro que cubre el cielo.

<<Como si hubiera un gran incendio, pero, ¿dónde?>> pensó, Alba.

Guiaron sus pasos donde está el coche, encontrándoselo en su totalidad, quemado.

—Malditos, hijos de putas —expreso, Gabriel.

Alba, guardaba calma, sabía que el coche no les serviría para escapar. Ella, esta más pendiente al cielo.

—El coche no ha podido crear el humo que hay en el cielo —dijo, Alba—. Es otra cosa (…), estoy segura de ello.

Aitor toce en varias ocasiones, y dijo:

—Tienes razón, el coche solo, no ha podido provocar, todo este humo —vuelve a toser.

—¿Estas bien? —pregunto, Alba.

—Si, es solo el humo, que no me deja respirar bien.

Aitor es fumador, el humo, le provocaba problemas a respirar. El, recordó en ese momento la barca que vio, junto con Alba, y dijo:

—Y si, ¿arreglamos la barca que vimos en el embarcadero? Podríamos intentar escapar por el lago.

—Por probar —dijo, Alba. Pero con poco animo o ninguno.

—No seas tan negativa, quizás funcione —intento Aitor, darle ánimos a su mujer.

—A mí me parece buena idea, mejor eso, que esperar a que nos maten —expreso, Gabriel.

Fueron al embarcadero. Aitor y Gabriel, se pusieron manos a la obra.

—No creo que tardemos mucho, solo tenemos que arreglar este pequeño agujero —dijo, Aitor.

Alba, mientras mira a los demás trabajar en arreglar la barca, pensó:

<<Si hubiera una oportunidad de escapar, no creo que dejaran una barca>>.

—Mientras que ustedes hacéis esto, yo pondré algunos recipientes, por si vuelve a llover, recolectar un poco de agua —propuso, Alba.

—¿El agua del lago, no sirve? —pregunto, Gabriel.

—No creo que sea recomendable tomarla, parece que echaron productos químicos en este lago —desde el embarcadero, indico con el dedo, a Gabriel, el desagüe.

—¡<<mierda por que todo es tan difícil! —exclamo, Gabriel.

Alba se dirigió a la capilla, en busca de algún recipiente, mientras dejaba a su marido, junto con Gabriel arreglando la barca.

Cuando estaba a punto de llegar a la capilla, consigue avistar algo bajo el cartel, donde ponía: <<Mina de carbón>>.

<< ¿Qué es eso?>> pensó, Alba.

Alba estaba viendo movimiento cerca del pozo, pero estaba muy lejos para ver. Cuando se acercó más, llego a ver a alguien que reconoció.

—¡Es Blanca! Pero (…), no está sola.

Dos <<hombres>> tenían sujetada a Blanca, llevándola a la fuerza, al interior del sendero.

<< ¿Sera Blanca o es una trampa?>> proyecto, Alba. Las posibilidades.

Alba, no se atrevía a ir, podía ser un juego, de esos espíritus malignos. Pero en su cabeza rondaba la idea, de que fuera Blanca de verdad, y que podría salvarla.

—No puedo perder el tiempo, voy a ir.

Alba, emprendió su camino, directo al pueblo. Sin decir nada a los demás.

VI

Rescate

Alba, miro el cartel, y dijo:

—¡Alla vamos! —mientras, andaba por el sendero.

El pozo lo dejo atrás. Alba, rozaba con sus dedos las piedras calizas, para luego llegar al principio de ese pequeño poblado.

—¡Blanca! —llamo, a su amiga.

El lugar estaba tan solitario como siempre, no se escuchaba nada, ni el viento, ni el murmullo de esos aldeanos, que horas antes, habían estado acosándoles a todos ellos.

—¡Blanca! —Alba, grito de nuevo. Pero no escucho, la presencia de ninguna vida humana —¡Vengo a buscarte <<nena>>!

>>Si la tenéis, ¡soltarla! —voceo—. ¡No tenéis derecho de hacernos esto! —añadió.

Un ruido emana de entre las casas de la derecha.

—¿Qué ha sido eso?

Acercándose poco a poco, fue mirando entre las casas, pero no vio a nadie. Instante después resurgió de nuevo un sonido llamativo, atrás de ella.

—¡No juguéis conmigo!

Administra sus pasos con cautela, no sabía si era un espíritu o algún animal salvaje que estuviera por la zona. El silencio, vuelve a ser corrompido, pero esta vez, por las risas de un niño.

Alba, inquieta, se dirige atrás de una casa, pero no encuentra el origen de esa voz. Cuando mira atrás, siente como algo le toca la espalda, y grito:

—¡Ah! ¡Que fue eso!

Miro atrás, pero nada, no había nadie. Alba siguió explorando el pueblo en busca de su amiga Blanca.

<< ¿Dónde estarás Blanca?>> pensó, Alba.

Unos ladridos de un perro, alerta a Alba. Cuando mira al fondo del poblado, cerca de la puerta de la mina, ve cruzar un niño jugando con su perro.

Alba corre, mientras se sujeta la panza, para ver donde se fue el niño. Cuando llego al fondo del pueblo miro a la derecha, encontrándose un joven agachado jugando con su perro.

Cuando se acercó lo suficiente, se dio cuenta que había varios cachorros, mamando de su madre. Y que el niño, ayudaba a que todos los cachorros pudieran alimentarse bien.

El joven, miro a Alba, y dijo:

—Hola Alba, ¿Qué haces por aquí? Puede ser peligroso.

<<Sabe mi nombre>> pensó extrañada Alba.

—¿Quién eres? Y, ¿de qué me conoces? —pregunto, Alba.

El niño iba vestido con ropa de antaño, con el pelo moreno como el carbón, y una sonrisa pícara.

—Soy yo, Oliver, ¿no te acuerdas de mí?

—Pero (…) —Alba, estaba confundida.

Ella, se sentó en el suelo, estaba desconcertada, al Oliver que conoció, solo tenía seis años, como podía ser, que ese niño fuera él. Y como creció tanto, en tan poco tiempo.

—¿Tu eres Oliver? ¿De verdad? —pregunto, Alba.

—Claro que soy yo —se puso de pie—. Soy tu amigo, ¿no te acuerdas?

—Si, claro que me acuerdo de ti, cariño, pero, ¿Qué edad tienes? —volvió a preguntar Alba.

—Tengo doce años —contesto, Oliver.

Le costaba asimilar a Alba, las palabras de Oliver. Ella, se quedó mirando el rostro de aquel joven, y pensó:

<<Tiene gran parecido a Oliver, pero, ¿será el?>>

No le quedo de otra, que asumir, que aquel niño era Oliver, aunque su apariencia había cambiado, aun tenía rasgos, que indicaba que es aquel niño de apenas seis años que vio por primera vez, en la capilla, hace solo un día y unas pocas horas (más o menos, ya que han perdido, la noción del tiempo).

—Estas buscando a tu amiga, ¿cierto?

—¡Si! ¡si! ¿tú sabes dónde está? —pregunto, Alba.

Oliver, ignoro la pregunta, y dice:

—A ellos, no le gusta mucho el pecado que lleva marcado en su cuerpo.

—Pecado (…) ¿Cuál pecado? —cuestiono, Alba.

—La lujuria —respondió, Oliver.

<<Entonces, si tiene algo que ver, nuestros pecados con todo esto>> pensó, Alba.

Alba, acerco su mano, a la cara del joven, y dijo:

—Pero dime, ahora mismo, ¿Dónde está ella?

Olive, señala con el dedo a la puerta negra incrustada en la roca. En ese instante, Alba, siente un pequeño dolor en su barriga.

—¡Uf…! De nuevo este dolor.

—¿Quieres venir a mi casa? —pregunto, Oliver. Con una sonrisa entrañable.

Alba, pensó, que sería un buen momento, para poder averiguar algo, de lo que ocurre en ese lugar.

—Si, claro, enséñame tu casa.

Oliver, sale corriendo, con los cachorros entre sus brazos, y la perra tras el dando saltos. La llevo a una casa de esquina, una de las más ocultas del poblado.

La casa, como las demás, tenía todos los objetos personales de las personas que la habitaron. Había un sofá con una funda de franela. Pero Alba miro una de las fotos que está cerca del sofá, encima de una pequeña mesa.

<<Es Oliver, con su madre, la mujer que vi en la capilla. Junto con su padre>> pensó, Alba.

Recorría el salón indagando, buscando algo que pudiera explicar, lo que ocurrió en aquel lugar. Pero lo único que encontraba, era solo fotos y objetos innecesarios.

—Aquí vivo yo, ¿qué te parece? —pregunto, Oliver.

—Es muy bonita tu casa, pero (…) ¿Dónde están tus padres?

—Mi padre trabaja en la mina, y mi madre está trabajando en la nueva fábrica que construyeron, no muy lejos de aquí —contesto, Oliver.

—Pobre, ¿Te quedas solito aquí cariño?

—¡No!, mi abuela me cuida —afirmo, Oliver.

—Y, ¿Dónde está tu abuela?

—¿No la ves? Ahí mismo —señalo, al sofá.

Siguió con la mirada, el dedo de Oliver, hasta encontrarse en el sofá una mujer mayor tejiendo. Con gafas, de culo de botella. Vestía un camisón blanco, con lunares azules, le llegaba el camisón por encima del tobillo. Y con una expresión en su cara, de indignación.

Alba se asombró, porque minutos antes, esa mujer no estaba en el sofá, pero, se acercó a saludar a la abuela de Oliver, para averiguar más cosas de ellos, se puso, en frente de ella, y le dijo:

—Hola señora, un placer conocerla.

Pero la abuela no respondió, solo tejía, y a veces, meneaba la boca, haciendo varias muecas.

—No le caes bien —dijo, Oliver.

—¿Por qué? (…) ¿Por qué no le caigo bien? —pregunto, Alba.

—No le gusta las personas avariciosas —respondió, Oliver. Con total naturalidad—. Ven, te voy a mostrar mi habitación —añadió, agarrando la mano de Alba.

La habitación de Oliver, estaba llena de juguetes y peluches por todos lados. Tenía una cama aterradora para Alba, el cabezal era un payaso sonriente, con una mirada espeluznante.

—Cada vez que me aburro en la calle, vengo a mi habitación a jugar con mis muñecos —dijo, Oliver. Agarrando unos soldados de juguete.

—Cuantos juguetes tienes Oliver, nunca te aburrirás —expreso, Alba. Que vio, encima de su mesita de noche, pegado a la cama, varios periódicos.

Alba, se acercó, y leyó:

<<Accidente grave en la mina de carbón por el grisú>>

<<Un accidente mortal en el pueblo de la mina de carbón, varias personas han muerto quemadas vivas, cuando una concentración de metano, hizo combustión, las causas fueron, que uno de los empleados, uso su mechero para encender un cigarro.>>

<<Que horror, morir quemados vivos>> pensó, Alba.

Agarro otro periódico, mientras Oliver jugaba con sus muñecos, y siguió leyendo:

<<1942, el agua del pueblo, llamado `Las Minas´, esta envenenado>>

<<Los habitantes del pueblo se quejan por que varias personas han enfermado, desde que echan los desechos al lago, provenientes de la nueva fábrica. Dicen, que los productos químicos, se han podido filtrar por la tierra, hasta llegar al rio, y a la vez, al pozo, donde ellos se abastecen de agua para sus viviendas.>>

Alba, le dio la vuelta a la página, se estaba quedando anonadada, miro a Oliver con lastima, y leyó:

<<El mismísimo, Francisco Franco, ha dado un comunicado, donde asegura: `Los habitantes del poblado pueden estar tranquilos, después del accidente en la mina, se aseguró, para continuar la extrac-

Alba, tiro el periódico encima de la cama indignada, y miro a Oliver, que estaba provocando a su perra, para jugar con ella.

—¿De esta forma moriste, tu, y tus padres? —pregunto, Alba. Con tristeza.

Oliver la mira.

—No quiero hablar de eso.

—Solo quiero ayudaros —dijo, Alba—. Intento entender lo que está ocurriendo, y el por qué, estamos aquí.

—Yo no puedo ayudarte —dijo, Oliver, con seriedad.

Alba se arrodillo, y agarro de los brazos a Oliver, y con desesperación, expreso:

—Tengo un bebe (…) dentro de mi —agarro, la mano de Oliver, para colocársela en su vientre—. Necesito tu ayuda, por favor.

Oliver, quita sus manos, de la barriga de Alba.

—Lo siento, pero, me tengo que ir a la entrada de la fábrica para esperar a mi mama —sale corriendo Oliver.

—¡Oliver! ¡por favor! ¡no te vayas! —grito, Alba—. ¡Mierda! —añadió, cabreada.

Alba, apoyo sus manos en la cama para alzarse.

<<Seguiré buscando por el resto de la casa pruebas de lo que ocurrió aquí>> pensó, Alba. Guardándose los periódicos dentro de su jersey.

El ambiente dentro de la casa, era más pesado, el humo que cubría el cielo, imposibilitaba el poder respirar bien, cada vez era más denso, pero nadie entendía de donde salía tanto humo.

Saliendo, al salón, de lo primero que se dio cuenta, es que la abuela de Oliver, ya no estaba.

—¿Dónde se habrá metido? —se preguntó a sí misma, en voz alta.

Alba, entro en la cocina, pensó:

<<Podría buscar algo de comer, o de tomar. Pero debo de tener cuidado, para que no me ocurra lo mismo que a Gabriel>>

La cocina, aparte de pasearse por encima de la encimera, pequeños invitados. Tenía un olor horrendo, a animal muerto.

—¡Dios! ¡Que olor! —exclamo, Alba.

En el lado izquierdo de la cocina, había un pequeño lavade-ro, con una puerta de cristal. Alba, abrió la puerta, para encon-trarse a la perra de Oliver, con sus crías, en estado de descomposición. En menos de un minuto, los pobres animales, se convirtieron en un pegote de huesos, y piel reseca.

Como si el tiempo, pasara a cámara rápida.

<<Esta era la causa del mal olor en la cocina>> pensó, Alba. Percibiendo, como el hedor a muerte desaparecía.

—Hija (…)

Un susurro, llamo el interés de Alba. Dando media vuelta para mirar a la puerta de la cocina.

—¿Hola? ¿Quién eres? —Alba pregunto, con cautela.

—No reconoces, ¿la voz de tu padre? —dijo, con un timbre de voz grave.

Ella, se quedó paralizada, al reconocer la voz de su padre. El, entra por la puerta de la cocina. Llevaba la misma ropa, que el siempre solía ponerse. Un pantalón vaquero, y su camisa a cuadros, donde llevaba sus gafas colgadas siempre, en el bolsillo delantero de la camisa.

—¡Fuera de aquí! ¡no te quiero ver! —clamo, Alba—. ¡Te odio! ¡que te marches!

Alba gritaba desconsolada, mientras el padre se acercaba a ella, diciéndole:

—Hija, te he echado de menos —cada vez estaba más cerca.

—¡No juguéis de esa manera conmigo! ¡a si no! —Alba, se refería a los espíritus.

—Te acuerdas, ¿verdad? Cuando jugábamos a oscuras en tu habitación —dijo, el padre. Recordando un juego, que para Alba era una pesadilla incrustada en su memoria.

—¡Déjame en paz! ¡cerdo! ¡tú no eres mi padre! —grito, varias veces— ¡Mi padre se está pudriendo en el infierno! —añadió.

Al suspirar Alba, emitía de su boca un vapor, la temperatura tuvo que caer en picado, porque sus manos estaban heladas, incluso amoratadas, por el frio.

No sabía si era por el frio, o por la presencia de ese espíritu, pero no podía menearse. Alba miro a su padre a los ojos, unos ojos negros, que expresaba tristeza, y a la vez, rabia.

—No seas tímida, hija mía —estaba tan cerca, que solo les separaba un palmo, de mano de bebe—. He vuelto para jugar contigo.

Alba, con apenas movilidad en sus brazos, por el frio. Intento quitárselo de encima. El padre, inicio a desabrocharse el pantalón, con una mano, mientras con la otra, tocaba el muslo de Alba.

—¡Que me dejes en paz! ¡bastardo! —Alba, resistía. A los tocamientos de su padre, que intentaba violarla.

—¡¿Por qué no quieres jugar con papa?! —exclamo—, Mi niña bonita, papa te quiere —añadió.

El padre de Alba, le da un lametón en su cara, y dijo:

—Igual de sabrosa, como siempre.

Alba, olía el mal aliento de su padre, una pestilencia a leche cortada.

—¡Aléjate de mí! —grito, Alba. Dándole un empujón a su padre, tirándolo de espalda, y rompiéndose, como un cristal, en mil pedazos.

Alba se abrocho el pantalón, y salió al salón. Pero se encontró a sí misma, cuando era pequeña, sentada en el sofá, y la cabeza de su padre, bajo la falda de la niña.

El padre saco la cabeza de entre sus piernas, y dice:

—Juega con nosotros, no tengas miedo —dijo, su padre—. Ella se lo está pasando genial —añadió.

La niña, giro la cabeza, hasta dar media vuelta, miro a Alba, y exclamo:

—¡Juega con nosotros! ¡pasaremos un buen rato! —añadió, a sus palabras, una risa sobrecogedora.

—¡Dejarme! —grito, Alba.

Lo peor, que le podían hacer los espíritus, era vivir los abusos de su padre cuando era solo una niña. El trauma lo llevaba marcado en su memoria, y lo peor que le podía pasar, era vivir de nuevo ese momento.

Alba salió corriendo a la puerta de la calle, pero de nuevo el padre se puso en medio para impedirle que saliera.

—¡No te voy a dejar ir! —clamo, el padre—, Hoy, vas a jugar conmigo quieras o no quieras.

>>Pórtate bien con papa, no seas egoísta —bajo, la cremallera de su pantalón, enseñando sus partes masculinas—. Ven, ponte de rodilla, y juega (…), con papa. —añadió, sonriendo. Mientras cambiaba su apariencia, a una forma idéntica a la de Alba.

Aitor y Gabriel, terminan de arreglar la barca.

—Uf…vaya paliza <<tío>> —dijo, Gabriel, secándose el sudor de la frente.

—Pero ha quedado bien, ahora solo queda probarla —propuso, Aitor. Que miraba el arreglo que le hicieron a la barca—. Bueno, no te quedes mirando, ayúdame a ponerlo en el agua.

Empujaron la barca, tirándola por el hueco del embarcadero, no entraba agua en ella, eso, ya era una buena señal para ellos.

—¡No se hunde! —exclamo, Gabriel—, Somos la <<ostia>> —añadió.

Los dos se dieron un abrazo, celebrando su proeza, pero ahora quedaba lo más importante, probarla.

—¿Quien se sube primero? —pregunto, Aitor.

Gabriel esta vez fue el primero en hacer algo, que ponía en <<riesgo>> su vida, cuando se montó en la barca, dijo:

—Parece que aguanta bien —daba pequeños saltos—. Ojalá aguante el peso de todos.

—¿Crees que Blanca, estará bien? —pregunto, Aitor.

—Siendo sincero, creo que no (…)

—Ya (…) —dijo, Aitor.

—Oye, ¿y Alba? Lleva un buen rato, buscando esos recipientes, ¿no crees? —pregunto, Gabriel.

—¡Es cierto! Vamos a la capilla, quizás, este allí.

Pero el grito desgarrador de un hombre, llama la atención de los dos.

—¡¿Que fue eso?! —dijo, Gabriel. Con el semblante pálido.

Aitor, salió del embarcadero, atrás de él, Gabriel lo seguía.

<< ¿De adonde ha venido ese grito?>> pensó, Aitor. Cuestionando el origen de ese grito tan aterrador.

—¡Ah! ¡me la mataron! —clamo, una voz desconocida.

—¡Mira Aitor! ¡esta allí!

Un hombre, con algo en brazos, estaba en la orilla del lago llorando.

<<Tengo que ir a ver dónde está Alba, quizás sea solo una distracción>> pensó, Aitor.

—¿Nos acercamos? —propuso, Gabriel.

—Si, pero recuerda, los únicos vivos aquí, somos nosotros —afirmo, Aitor—. Si ayudamos a la gente que hay aquí, quizás, nos dejen salir —añadió.

—Cierto —dijo, Gabriel. Reafirmando con la cabeza.

A paso lento se acercaron al hombre, pensaron si podían ayudarle, podría ser, que los dejaran ir, pero eso solo era una teoría de ellos, sin pruebas, que lo confirmaran.

Cuando se acercaron lo suficiente, se dieron cuenta, que el hombre, lo que tenía entre sus brazos era una niña, el, desconsolado, gritaba una y otra vez:

—!Me han matado a mi niña! ¡malditos! ¡me la han matado!

El hombre vestía con una camisa blanca, llevaba un casco enganchado en su pantalón vaquero, que le quedaba holgado. En sus brazos tenía a su niña con un vestido blanco, su pelo le resaltaba, porque era rubia, de un amarillo parecido al oro. Y su piel estaba pálida, menos su rostro, que tenía un tono azulado.

El hombre vio cómo se acercaba los dos forajidos, y dijo:

—¡No se acerquen!

—Solo venimos a ayudar —dijo, Aitor.

—No podéis ayudarme.

—Deja, que al menos, lo intentemos —expreso, Gabriel. Con buena voluntad (cosa, que solo lo hacía por conveniencia).

Empieza el señor, junto con su hija moribunda a adentrarse en el lago.

—¡Para! ¡déjanos ayudarte! —dijo, Aitor, a voces.

Miro a Aitor, con los ojos llorosos, su rostro era la de un hombre derrumbado, un hombre que no tenía cavidad en la vida, menos aún esperanza.

La niña que tenía entre sus brazos abrió los ojos, unos ojos grises y grandes, miro, a los dos, y les dijo, con una voz apacible, pero penetrante:

—No podéis ayudarnos, y nosotros no podemos ayudaros a vosotros —mientras su padre se sumergía en el lago, sosteniéndola en alto. Pero antes, de que el cuerpo de la niña acabara en el fondo del agua, recalco:

—Estamos destinados a vivir atrapados aquí —dijo, mientras su cuerpo se hundía por completo, junto con el de su padre, en aquel lago.

Aitor, se metió en el lago, para intentar ayudarlos, sabiendo en su interior, que no podría. Pero la desesperación, y pensando que esos seres, le proporcionaría su libertad por su generosidad. No se lo pensó más de dos veces en tirarse de cabeza.

Gabriel en cambio, prefirió quedarse afuera. Percibió como alguien lo miraba desde su izquierda. Cuando el miro, vio a alguien entre los árboles. Dándose cuenta que es Abel.

—¡Aitor! ¡es Abel!

Pero Aitor, estaba sumergido en el lago, desesperado por buscar a ese hombre con su niña. Abel le sonríe y se da la vuelta para marcharse. Gabriel no quiere perder la oportunidad, y sale corriendo tras él.

En ese instante, Aitor, sube a la superficie tiritando de frio, y grita:

—¡Don...de vas loco!

Gabriel mientras corre entre los árboles, antes, de cruzar los límites que marcaron en el tramo, contesto:

—¡Es Abel!

Milésima de segundo despúes, Gabriel desaparece, al cruzar los límites del tramo.

—¡Estúpido, no! —el grito de Aitor, hizo eco, en el lago.

Gabriel, desde el primer momento, pensó que Abel, fue el causante de todo, pero nadie lo creyó. Cuando lo vio a unos pocos metros, no quería perder la ocasión de darle una buena paliza, Gabriel pensó:

<<Puede que sea la <<llave>> para salir de este lugar.

Aitor, salió del agua, y dijo:

—¿Qué hago ahora?

Miraba a la capilla para ir en busca de Alba, pero Gabriel estaba en peligro. Su mujer, seguro que estaría en la capilla preparando los recipientes de agua (al menos, eso creía el).

<<Voy a buscarlo, necesita mi ayuda, seguro que Alba está bien>> pensó, Aitor. Que salió corriendo a gran velocidad, para cruzar los límites del tramo, para buscar a su amigo Gabriel.

Gabriel se encuentra solo, por el bosque, buscando a Abel.

<< ¿Dónde se habrá metido?>> pensó, Gabriel, mirando de un lado a otro.

—Ven a por mí —la voz de Abel, se filtraba entre el follaje de unos arbustos.

Miro Gabriel, entre los arbustos, pero no había nadie.

—Estoy aquí, racista.

Esta vez, la voz de Abel, proviene de arriba.

—¡No te escondas cobarde! —clamo, furioso Gabriel. Mientras miraba arriba.

—El cobarde eres tú, Gabriel.

Gabriel miro a un lado, Abel estaba apoyado en un árbol, tranquilo, observándolo.

—Ya te tengo, sucio <<moro>> —dijo, Gabriel. Con uno de sus comentarios racista.

—De verdad, ¿crees que me tienes? —pregunto, con ironía Abel—. Quizás, te tengo yo a ti —añadió, con una sonrisa, despreocupada.

Gabriel, se lanzó a por él, atravesando su cuerpo y chocándose contra el árbol de cabeza.

—¡Ah! Que dolor (...) —Gabriel, toco su cabeza. Dándose cuenta, de que estaba sangrando—, maldito hijo de puta, ¡te voy a matar! ¿adónde estas?

Miro de un lado a otro como loco, buscando a Abel. Pero había desaparecido de nuevo. De repente, una brisa gélida rodeo a Gabriel, y una voz, dijo:

—Aquí.

Se volteo Gabriel, pero atrás suya no estaba Abel. Era uno de esos espíritus, con su misma apariencia. Que lo agarro de la cabeza, y le dijo:

—Ya eres mío.

Aitor, que esta fuera de los límites, llama a su amigo a voces.

—¡Gabriel! ¿Dónde estás?

<<Donde se habrá metido ese idiota>> pensó.

El, miro en cada arbusto, y en cada rincón, llamando a su amigo, pero no daba señales de que estuviera por la zona. Hasta que encontró en un claro, rodeado de árboles, una pequeña bolsa transparente de plástico.

<<Esta bolsita la recuerdo, pero, ¿de qué?>> pensó, intentando recordar, adonde vio esa pequeña bolsa

Aitor, vio un poco de polvo blanco en el fondo de la bolsita.

—Espera, esto es (…)

Metió el dedo en la bolsa, para luego chuparlo.

—¡Mm…! ¡esta es la bolsita donde llevaba la cocaína Gabriel! —exclamo.

>> ¡Gabriel! ¡donde estas Gabriel! —grito, una y otra vez. Pero lo único que se escuchaba, era el silencio perpetuo.

<<Me tengo que ir en busca de Alba, puede estar en peligro también>> pensó, Aitor.

Aitor, dejo de buscar a Gabriel, su prioridad era su mujer, y él bebe que llevaba dentro.

<<Espero que Gabriel, vuelva sano y a salvo>> pensó, Aitor.

Pero en lo más profundo de sus pensamientos, sabia, que no volvería a ver a Gabriel, como sucedió con Blanca. Que hace tiempo que no saben nada de ella.

<<Seguro que la han matado, o poseído>> pensó, Aitor. Que cruzaba de nuevo el trazo que marcaron para regresar a la capilla en busca de su mujer.

De un golpe, abrió la pesada puerta de la capilla, encontrándose a Oliver, jugando a la pelota (pero él no lo reconocía,
porque era algo más grande, que la última vez que lo vio).

—¡¿Tu quién eres?! Y, ¿dónde está mi mujer? —pregunto,
Aitor.

Oliver, miro a Aitor, y se acercó a él, llevando su pelota en
el brazo, y le dijo:

—¿Quieres jugar conmigo? —con un tono de voz, agradable.

Aitor, reconoció esa dulce voz, por el tono, supo que era
Oliver.

—¿Oliver? ¿eres tú?

—Claro, quien voy a ser, si no (…)

—Pero…pero… ¡es imposible! —exclamo, Aitor—, tu eres
más joven, como…como…—agrego, con dificultad.

Oliver, ríe.

—Hace unos días, tampoco creías en los espíritus, y ahora,
estás hablando con uno.

Aitor, quedo estupefacto.

—Entonces, ¿jugaras conmigo?

—Ahora mismo no puedo, Oliver —expreso, Aitor—. Estoy
buscando a mi mujer, ¿sabes dónde está? Seguro que lo sabes.

—Está jugando con su padre —responde, Oliver—. Y si no
llegas pronto, será demasiado tarde para los dos (se refería al
bebe también).

—Pero, ¡¿Dónde está Oliver?! —agarro a Oliver de los hombros, sacudiéndolo, y pensó:

<< ¿Por qué a él sí puedo tocarlo? Y, ¿al hombre del lago no?>>.

Aitor, quiso preguntarle eso mismo a Oliver, pero tenía prisa por saber dónde estaba su mujer. Pero Oliver se anticipó a la pregunta, y dijo:

—Me puedes tocar, porque yo me dejo que me toques —sonrío—. Alba está en mi casa —añadió.

—Y, ¡¿Dónde está tu casa?! —pregunto Aitor, que cada vez, se desesperaba más.

—Cuando llegues al poblado, lo sabrás —contesto. Y luego, se desvaneció de entre sus manos, convirtiéndose en una niebla densa, que salía flotando por el techo.

Aitor, salió corriendo como si fuera a perder el tren, cruzando el umbral donde estaba el cartel, que ponía:

<<Mina de carbón>>.

Para luego pasar de largo por el pozo, y atravesar el sendero con una rapidez abrumadora.

—¡Donde estas Alba!

Grito, pero nadie respondía (…)

<<Cual será la casa de Oliver>> pensó, Aitor. Que no sabía dónde ir con precisión.

—¡Alba! ¡¿Dónde estás?! —volvió a gritar.

Aitor, se acomodó en el borde de la fuente.

—La he perdido (…) —lamento, Aitor—. No me puedo creer que la haya perdido.

—¡Socorro!

La voz de Alba, resonó dentro del pueblo.

—¡¿Alba?! ¡¿Eres tú Alba?! —grito, Aitor. Prestando atención en silencio, para averiguar de dónde venía la voz.

—¡Aquí! —exclamo, Alba.

Pero Aitor, no llegaba a localizar la procedencia de la voz de su mujer. Entonces emprendió a mirar por las ventanas, casa por casa, hasta que encontrara a su mujer.

Aitor miro por cada ventana, pero no encontró a su mujer.

—¡Necesito ayuda! —grito, Alba. Desde alguna de las casas.

—¡No te encuentro! ¡¿Dónde estás?! —exclamo, desesperado Aitor.

Como un demente, Aitor, buscaba a su mujer, pero no lograba localizarla.

<<Donde diablos estas>> pensó, Aitor.

—¡Aquí cariño! —volvió a gritar, Alba.

Esta vez, el sonido vino de muy cerca de él.

—¡Grita! ¡no pares de gritar! —dijo, Aitor.

—¡Ayuda!

La voz venia de la casa más apartada, y oculta.

—¿Estás aquí amor? ¡hazme una señal! —demando, Aitor. Mientras asomo por la ventana.

En un instante, asustando a Aitor, una mano quedo grabada en el cristal, como si alguien estuviera golpeando con la palma de su mano la ventana.

—¡Aquí! —grito Alba. Que, sin duda alguna, su grito provenía de esa casa.

—¡Cariño! ¡cómo puedo ayudarte!

Aitor no vio nada adentro de la casa, aunque el grito de su mujer, se intuía a la perfección que venía de esa casa.

Oliver, sin darse cuenta, Aitor, apareció tras su espalda, y dijo:

—¿Quieres ayudarla?

Aitor, se dio un pequeño susto al escuchar a Oliver, pero, respondió:

—¡Claro que quiero! ¡ayúdame Oliver!

—¿La quieres? —volvió, a preguntar, Oliver.

—Que pregunta es esa, ¡claro que la quiero! —respondió, Aitor.

—Entonces, ¿porque tienes pensamientos impuros con otras mujeres?

La pregunta de Oliver, quebró el rostro de Aitor, sin saber que responder.

—¡Me esta as…fix…iando! —exclamo, Alba. Con menos fuerza.

—¡Ayúdame Oliver! ¡por favor te lo pido! —suplico, Aitor.

—Antes, responde —sonríe, Oliver.

—¡Por qué no estoy conforme con mi matrimonio! —grito, Aitor. Tocándose el anillo.

—Bien Aitor, bien (…) —dijo, Oliver—. Ahora, salva a tu mujer —añadió, chasqueando los dedos.

Justo, en el momento que chasqueo, Aitor vio a su mujer contra la ventana. Mientras un espíritu con la misma apariencia que ella, rodeaba con su mano su cuello.

Aitor, entro como un rayo a la casa.

—No puedo respirar —dijo, Alba. Con sus ojos entre abiertos, y su brazo estirado, pidiendo ayuda a su marido.

Aitor fue a ayudarle, pero el espíritu, no lo permitió, con tan solo una mano alzada, dejo inmóvil, a Aitor.

—¡Que me ocurre! ¡no puedo moverme!

Alba, perdió la conciencia. Segundos después, entro Oliver a la casa, y dijo:

—Recuerda, tu aun estas vivo, nosotros no.

<<!Tengo que ayudar a mi mujer! ¡mi bebe!>> pensó, Aitor. Que inicio a recuperar la movilidad.

—¡No me vais a arrebatar a mi familia! —clamo, Aitor. Golpeando a la criatura, convirtiéndose en simple polvo negro.

—¡Conseguí matarla! —grito, Aitor.

—No la has matado, ya está muerta, pero si has evitado que se lleven a tu mujer —dijo, Oliver.

Alba, estaba en el suelo sin conocimiento. Aitor, le hizo la reanimación cardiopulmonar.

—¡Vamos tesoro! Respira, uno…dos…tres… —Aitor, realizo compresiones cardiacas a su mujer—. ¡Venga cariño! ¡vamos! ¡tú eres fuerte!

Aitor, repitió varias veces la maniobra con los ojos sollozantes, temiéndose lo peor.

—¡No me dejes amor! —grito, desconsolado Aitor. Mientras, volvía a intentar reanimarla.

Esta vez, después de hacerle la maniobra. Alba exhala, para luego tomar aire, dando manotazos a su marido.

—¡Donde esta! ¡donde esta! —dijo, desorientada Alba.

La cara de Aitor, cambio por completo, por que tenia de vuelta a su mujer, miro su cara, y dijo:

—Tranquila, tranquila, estas bien, ya se ha ido ese ser —abrazo a su mujer.

Cuando Aitor, se dio la vuelta para darle las gracias a Oliver, ya no estaba, había desaparecido.

Aitor, da la mano a su mujer, para ayudarla a levantarse, y le dijo:

—Oliver me ayudo.

Con un poco de trabajo, Alba, respondió:

—Ocurrió algo, muy grave en este lugar, mira.

Mostro los periódicos que tenía guardado, a su marido, que leyó con interés.

—Esta es la causa, del por qué, están enfadado con los vivos —supuso, Aitor—, pero aun no entiendo, por qué a nosotros, nos tienen aquí atrapados.

—Yo, tampoco —expreso, Alba—. Yo vine en busca de Blanca, la vi, en la entrada, y (...) Sali corriendo tras ella, sin deciros nada —añadió.

>>Me engañaron...

—No vuelvas a irte sin decirme nada, por favor —dijo, Aitor.

—Te prometo que no —respondió, Alba—. Volvamos junto a Gabriel.

—Bueno (...) —dijo, Aitor.

—¿Bueno qué? —pregunto, Alba.

—Arreglemos la barca, pero el grito de un hombre llamo nuestra atención, entonces, fuimos a investigar.

>>Era un hombre, que se quería suicidar en el lago, en sus brazos llevaba su niña, que estaba muerta, o eso creíamos.

>>Porque, de la nada, empezó a hablar y (…) a decirnos que no tenemos salvación, en pocas palabras.

—¡Aitor! No vayas con rodeos, dime, que ocurre.

—Yo intente ayudar a ese padre con su niña, pero veo que todo fue una distracción.

>>Justo en ese momento, escucho gritos de Gabriel. Cuando salí a la superficie, vi, como corría, y gritando, que había visto a Abel.

—¡¿Abel!? —exclamo, Alba—. Y tú, ¿Por eso estas empapado? ¡¿te metiste en el lago después de lo que me ocurrió a mí?!

—Si.

—Abel, no está aquí, solo fue una trampa, usa nuestros miedos o nuestros defectos, en nuestra contra —aclaro, Alba—. Conmigo han usado a mi padre (…)

Rodea Aitor, con sus brazos, a su mujer.

Aitor, no sabía toda la historia de Alba, con su padre, pero siempre sospecho, que fue víctima de abusos.

—Tenemos que encontrar a Gabriel, al menos intentarlo (…) —propuso, Aitor—, espero, que no haya corrido la misma suerte de Blanca.

Saliendo de la casa, el altavoz que estaba arriba de la entrada de la mina, emitió el canturreo de una mujer.

—¡Otra vez! ¡el maldito altavoz! —grito, Alba.

Aitor, guardo silencio, el canto de esa mujer, hizo recordarle a una nana que le cantaba su madre.

—Esta canción me la cantaba mi madre —afirmo, Aitor—. Me la cantaba cada vez que discutía con mi padre —añadió.

>>Yo, aparentaba estar dormido, cuando mi madre subía, a cantármela.

—No lo escuches, vámonos de aquí ya —sugirió, Alba.

Pero la voz, de la madre de Aitor, inicio a hablar, a través del altavoz, para comunicarse con su hijo.

—Hijo mío, porque nunca nos quisiste (de fondo una doble voz, seguía tarareando la nana).

—¡Os gusta reíros de los vivos! ¡verdad! —clamo, Aitor.

—Ignóralos cariño, solo quieren jugar contigo —Alba, agarro, de la cara, a su marido, mirándole a sus ojos para calmarlo.

El, estaba tan furioso, que lanzo una piedra al altavoz, rompiéndolo en mil pedazos. Pero, la voz de su madre, seguía escuchándose por todo el poblado, incluso más fuerte.

—¡Ah! —voceo Aitor. Que apretaba sus manos contra su cabeza desesperado.

Alba, lo agarra del brazo, y a la fuerza, aleja a su marido de aquel lugar.

Después, de salir del pueblo, cuando Aitor se calmó. Los dos pusieron toda su voluntad en buscar a Gabriel, incluso cruzaron los límites que marcaron.

—Quizá, se perdió —dijo, Alba—. Esto parece interminable.

Al otro lado del límite. Daba la sensación de que el bosque, no tenía fin. Es como si estuvieran dentro de un espejo, y a la vez, fuera.

—Tenemos que tener cuidado, podemos perdernos ¿verdad? —dijo, Alba.

—Creo que saldríamos en el otro extremo, si seguimos andando en línea recta —teorizo, Aitor.

Estuvieron buscando a Gabriel, por un tiempo. Pero no encontraron ninguna prueba, de que, Gabriel, estuviera por el bosque.

—Vámonos a la capilla cariño, quizás, volviera. —dijo, Alba.

—No vamos a verlo más, con vida —afirmo, Aitor. Siendo pesimista, cosa, que él, jamás lo había sido—. Seguro que se lo llevaron, de la misma forma que se llevaron a Blanca —añadió.

—Nunca, digas eso (…) —Alba, coloco bien su pelo—. Tú, eres mi apoyo, no te vengas abajo ahora.

Sin haber encontrado a Gabriel, los dos fueron a paso ligero a la capilla. Después de cruzar de nuevo los límites, a unos quince metros de la capilla, vieron desde lejos en un árbol, un cuerpo ahorcado.

—¡Mira eso! —Alba, llamo la atención de su marido.

Aitor, estaba con la cabeza agachada, y dijo:

—Dime —Aitor, miro al frente. Para divisar un cuerpo ahorcado, balanceándose —¡Es Gabriel!

—No cariño, no creo que sea Gabriel.

Aitor reconoció desde lejos a su amigo Gabriel colgado. Llorando, salió corriendo, hacia el árbol.

Alba, como podía, corría tras su marido, sujetándose la panza, para no lastimarse, ella, ni el niño. Aitor estaba en lo cierto, era Gabriel, colgado sin vida.

—¡No! —grito Aitor, con lagrima en sus ojos—. ¡Por que!

Alba, quedo algo más atrás que su marido, presenciando atónita la escena.

—Dios mío no (…) —dijo Alba. Su mano empezó a temblarle.

Aitor insistió, una, y otra vez, en alcanzar a Gabriel, para bajarlo.

<< ¿A sí mismo, habrá acabado Blanca en algún lugar? Pensó, Alba.

—¡Tengo que impulsarle! —Aitor, terco como una mula, saltaba, para llegar a los pies de Gabriel.

—Por favor Aitor, ¡para! —rogo Alba, de que parara.

Pero, el continuo, hasta que alcanzo las plantas de sus pies, para auparlo, y soltar la cuerda de la rama.

—¡Por fin! —<<celebro>>, Aitor. Que estaba a punto de soltar a su amigo—. Un empujón más, y la cuerda saldrá de la rama.

Un segundo después, antes de darle el ultimo impulso, Gabriel abre los ojos, mirando abajo, a Aitor, y grito:

—¡No me toques maldito envidioso! ¡me dejaste solo! ¡me dejaste morir! —después de sus gritos, se convirtió en pedazos de carbón, que caía encima de Aitor. Y la cuerda era simple polvo, que se lo llevaba el viento. Lo único que quedo, fue la ropa de Gabriel.

Alba, del mismo susto, cuando camino hacia atrás, se tropezó, acabando en el suelo. Golpeando, su cabeza, contra una piedra. Aitor, sin darse cuenta, de que Alba, estaba en el suelo, grito:

—¡¿Por que?! ¡nos hacéis esto! ¡¿qué culpa tenemos nosotros de vuestra desgracia?!

VII

Tortura

Gabriel, abre los ojos, su visión es casi nula, por la oscuridad que lo rodea. Desnudo, con frio, y encadenado en la pared.

<< ¿Dónde estoy?>> pensó, Gabriel.

Observa, que hay una puerta, parece antigua, de madera con bordes de hierro forjado, con una ranura en medio.

—¡Sacarme de aquí!

Gabriel, comenzó a escuchar unos pasos, seguidamente, alguien abre la ranura de la puerta.

—¿Estas cómodo? —pregunto, aquella voz, con un tono de perversidad.

—¡¿Dónde estoy?!

—En tu peor pesadilla.

Las cadenas que tiene atrapado a Gabriel, se sueltan por si sola.

—¿Mejor? —dijo, la voz de aquel individuo.

Gabriel, corrió para asomarse por la abertura. Pero no vio a nadie.

—Eres Abel, ¿verdad?

—No.

Una mano, tocaba la espalda desnuda de Gabriel.

—¡Ah! —grito, sorprendido Gabriel.

Viéndose, cara a cara, así mismo.

—¿Eres, quien quiere mi alma?

—Yo, solo quiero ver como sufres.

El corazón de Gabriel se estremecía. Latiendo cada vez más rápido.

—Quieres mi cuerpo, ¿cierto?

—Lo quiero todo, como tu —dijo, meneando sus dedos de un lado a otro— Quiero tu vida, quiero tu dinero, quiero tus mujeres, quiero que tu alma, y que vivas, lo que yo vivo. Una condena eterna.

—¡No te voy a dejar! —exclamo, Gabriel. Dio, un golpe al aire, ya que, atravesó al espíritu.

—Eres débil —dijo, el espíritu—. Tu alma está condenada, estas destinado a morir. Solo que tú, aun no lo sabes.

Gabriel, que se levanta, pregunta:

—Entonces, ¿No volveré a salir de aquí?

El espíritu, con su misma apariencia, ignoro su pregunta.

—Aun te acuerdas, ¿cuándo tu padre te exigía? —pregunto, el espíritu—. ¿Recuerdas, cuando tu padre, te daba esas palizas?

El espíritu, cambio su aspecto, al del padre de Gabriel. El, se frota los ojos, sin creer lo que está viendo.

—Responde —dijo, el espíritu.

Gabriel, sorprendido por lo que estaba viendo, respondió:

—¡Claro! ¡que me acuerdo <<joder>>! —una lagrima de Gabriel, rodea su mejilla—. Pero me acuerdo aún más, como mi madre solo miraba, dejando que me pegara —añadió.

—Tu, la culpabas a ella, pero ella solo tenía miedo.

—La culpaba, porque podía haber hecho algo, ¡ir a la poli-
cía! Por ejemplo.

—Aun así, tu querías contentar a tu padre a toda costa.

—Pensé, que de esa forma evitaría las tunda que me daba
—expreso, Gabriel.

El ambiente, cada vez se caldeaba más, como si hubieran
puesto un horno de pan, cerca de Gabriel.

—¿Funciono? —pregunto, el espíritu.

—No (…)

Una fuerza desconocida, lo atrapo del cuello para posicio-
narlo de nuevo en la pared, encadenandolo.

—¡No! ¡por favor suéltame! —suplico—. Seré mejor persona.

—¡Estúpido! ¡esto no tiene nada que ver con ser mejor persona! —exclamo, el espíritu—. Todo, es una simple venganza —
añadió, cerrando la puerta.

La pared, donde estaba Gabriel, inicio a calentarse tanto,
que lo quemaba.

—¡Ah! ¡Liberarme! —grito, Gabriel—. ¡Me estoy quemando!
—añadió, gritando de dolor.

La puerta, vuelve a abrirse. Esta vez entra dos personas negras, colocando en cada lado de la puerta una antorcha. Luego,
salieron, para volver con una camilla bastante grande, de madera.

—Túmbalo aquí —dijo, uno de ellos al otro.

Soltaron a Gabriel, él ponía resistencia, porque no quería echarse en aquella camilla. Tenía unas correas para sujetar la cabeza, otra para las muñecas, y unas para los tobillos.

—¡Hijos de puta! ¡soltarme!

Lo tumbaron boca abajo en la camilla, los ojos de Gabriel, mostraban el gran pánico, que estaba sintiendo.

—¡Que me vais hacer!

—Tranquilo, haremos algo que a ti te gusta —dijo, el más bajo de los dos.

El hombre más alto, con una gran corpulencia (pesaría cerca de los ciento-veinte kilos), con la piel reseca, y una barba con la que se podría barrer el suelo.

Subió encima de la camilla, bajándose los pantalones de tela que cubrían sus partes <<nobles>>. Posteriormente, introdujo su enorme pene, en el ano de Gabriel. Pero, como Gabriel, se oponía, al individuo, le costaba trabajo penetrarle.

—Relájate, te va a gustar —dijo, el hombre que estaba encima de él, mientras le caía su baba, encima de Gabriel.

—¡No! ¡ah! ¡me duele!

Un pequeño crujido, sonó. Proveniente del trasero de Gabriel.

—¡Ah! —Gabriel, gritaba, y lloraba como un niño, cuando le quitas un dulce de la boca—. ¡Me estas partiendo el culo! —añadió, clavando sus uñas en la madera de la camilla. Presiono tanto, que una de sus uñar cedió, levantándose por completo.

—¡Verdad que te gustaba hacer esto a las mujeres! —grito, el hombre que estaba encima. Mientras lo penetraba sin piedad.

A Gabriel, se le caía la baba, sin fuerzas, renuncio a poner resistencia a la violación. Los dos hombres de raza negra, se turnaban, para penetrarlo. Gabriel, solo escuchaba las risas de esos dos espíritus malignos, ya no sentía dolor, solo humillación…

Cuando acabaron, el más bajo, dijo:

—Que te ha parecido, eh —agarro del pelo a Gabriel, levantándole la cabeza—. Que te ha parecido que te viole dos negros, racista de mierda.

Antes, de perder la conciencia Gabriel. Lo último que vio, fue esos dos hombres marchándose desnudos, con sus partes íntimas cubierta de sangre. Abandonando a Gabriel, atado en aquella camilla, escuchando el goteo de su propia sangre, que cae en el suelo (…)

Unos golpes en la cara, y agua fría, hacen reaccionar a Gabriel.

—Otra vez no —dijo, sin fuerzas—. Matarme…

Cuando abrió bien los ojos, se dio cuenta que no era aquellos hombres, que lo violaron. Es una mujer, por su forma de ir vestida, daba la idea de que era médica.

—Vaya, vaya, como te han dejado, esos salvajes —dijo, la médica. Que inspeccionaba el recto de Gabriel.

—¡Suéltame por favor! —exclamo, con poca potencia—, ¡o matarme! Pero no me hagan más sufrir —añadió.

La <<medica>>, salió fuera, y volvió con un par de cubos.

—¿Qué es eso? ¡déjame! —Gabriel, agitaba su cuerpo de un lado a otro.

—Ya está, mi niño —dijo, la médica, que se convertía en la madre de Gabriel—. Voy a curarte tus heridas.

—¡No mama! ¡ayúdame!

De uno de los cubos saco un puñado de sal, del otro, un líquido, por el olor, Gabriel, sospechaba que era puro alcohol.

—Te vas a poner bien, no dejare que te hagan más daño.

Del cubo, agarro un cazo, e inicio a echarle en el trasero alcohol.

—¡Ah! ¡por dios matarme! —mordía, la madera— ¡No quiero vivir!

No suficiente, agarro un puñado de sal su <<madre>>, arrojándolo en el orificio trasero de Gabriel, hasta recubrirlo por completo.

Gabriel agitado, intento quitarse la sal, que cubría las graves heridas.

—¡Quédate quieto! ¡estoy intentando curarte! —agarro más sal, introduciéndoselo a presión.

—¡Ah! ¡no aguanto! —exclamo, rabiando de dolor.

Ella, acaricio su pelo, y dijo:

—Te gusta el alcohol, te gusta las drogas, eres un pobre vicioso, que lo tiene todo en la vida, aun así, no te conformas. Mereces, esto, y más —dijo, en un tono serio—. Nosotros no tuvimos esa oportunidad, para disfrutar como vosotros. Ahora, la venganza, es nuestra única forma, de sentirnos vivo.

El espíritu, con apariencia de la madre de Gabriel, se marchó, cerrando de un portazo, la puerta.

Gabriel, de nuevo solo, en aquel habitáculo, pensó:

<< ¿Estaré en el infierno?>>.

Justo, en ese instante, la puerta se abre, pero esta vez, las correas que tienen atado a Gabriel, se desvanecen, convirtiéndose en ceniza.

—¡Estoy libre! —exclamo, con alegría, mientras se levantó de la camilla. Dejando caer la sal roja como el fuego, al suelo—, Uf...Me duele tanto —añadió, tocándose.

Gabriel, salió, encontrándose en medio de un pasillo iluminado por antorchas, con las paredes de roca sólida. Había más puertas, iguales, como la que acababa de cruzar.

—¿Es una mazmorra? —dijo, andando por el pasillo, que parece, no tener fin.

En una de las puertas, se asomó, abriendo la abertura. Encontrándose a un señor de edad avanzada.

—Eh, tu.

El anciano levanta la cabeza.

—Si tú, ven, no tengas miedo —dijo, Gabriel.

Gateando, el hombre mayor se acercó. Cuando estaba, lo suficientemente cerca para ver bien su rostro, Gabriel contemplo, que el hombre no tenía ojos.

—¿Quién eres? —pregunto, el anciano.

—Soy alguien que está aquí atrapado como tú.

—¡Ábreme la puerta! ¡ábrela!

Gabriel, intento abrir la puerta, pero necesitaba una llave.

—¡Lo siento! Pero, no puedo abrirla, no tengo la llave.

—¡Huye! ¡escapa de aquí!

Gabriel no quería quedarse con la duda, y pregunto:

—¿Cuánto tiempo llevas aquí?

El anciano, respondió:

—Ocho eternidades —dijo. Desnudo por completo, y con heridas por todo el cuerpo.

—¿Ocho eternidades? —cuestiono, Gabriel.

—Si, ocho eternidades, que serían 8000 años, cada vez que vienen, me lo recuerdan —dijo, aquel anciano desnutrido.

A Gabriel, no le entraba en la cabeza, esa información, y pregunto:

—¿Cuál es tu pecado?

—La soberbia.

<<Me tengo que ir de aquí, ahora mismo>> pensó, Gabriel.

Unos segundos después, unos ruidos estridentes que provenían del fondo del pasillo, estremecieron al anciano, quedándose en una esquina de su celda agazapado.

—¡Huye! ¡Vienen ya! —exclamo, el anciano, alzando su voz.

Gabriel, no quiso perder más tiempo, sentía como la sangre, seguía derramándose por su muslo. Sin embargo, salió corriendo, sin mirar atrás.

Los ruidos seguían produciéndose, cada vez más fuerte, no podía parar de correr, por miedo a que lo atraparan. Pero, después, de llevar un tiempo corriendo como un loco, paro en seco.

—Uf…estoy ya cansado —expreso—. Sigo escuchando ese ruido estridente, pero no viene nadie…

Gabriel, apoyo, poco a poco, el trasero en el frio suelo. Mirando, embobado, la puerta de frente, que tiene la ranura abierta.

<<Espera un momento>> pensó, mientras se asomó por la ranura.

—¿Qué haces chico? ¿Eres tonto? ¡corre!

Era el mismo anciano de antes, no llego a avanzar ni un metro de distancia.

—¡Como es posible! —grito, Gabriel.

Una voz, pronuncio:

—Gabriel —la piel de Gabriel, se erizo—. Vuelve a tu celda.

Es de nuevo uno de esos espíritus, con la apariencia de su padre.

—¡No por favor! ¡deja que me marche!

Pero, lo agarro de los pelos, y lo llevo a rastra, hasta su celda. Tirándolo contra la pared, como si fuera un muñeco, dijo:

—¡Castigado hijo! ¡por decepcionarme! —cerró la puerta, mientras se reía de Gabriel.

El, lo único que podía hacer, era llorar. Imaginando, su eterna condena, en aquel lugar, encerrado (...)

Alba, despierta después de haber estado inconsciente, por causa del golpe en la cabeza.

<< ¿Como he acabado aquí? ¿Qué ocurrió?>> se preguntó, a si misma Alba.

Aitor, apoyado en el atril, observo que su mujer estaba de nuevo consciente, exclamo:

—¡Hoy me has dado dos sustos! —expreso.

—Pero, ¿Qué fue lo que ocurrió? —pregunto, Alba.

—Te caíste, y te disté un golpe en la cabeza, luego, te traje hasta aquí.

—Al final, no era Gabriel, solo era uno de esos espíritus ¿verdad? —formulo la pregunta, mientras se levantaba del banco.

—No, no era Gabriel —dijo, Aitor. Con una voz melancólica.

—Uf… —Alba, volvió a sentarse, tocándose su barriga, que volvió a sentir una punción en la panza—, Espera un momento —añadió, mientras palpaba su vientre.

>> ¡Tengo menos barriga!

Aitor, se acercó a su mujer, poniendo su mano, y dijo:

—Tienes razón, tienes la barriga, menos inflada.

—Siento, al niño débil, no me pega tantas patadas como antes —dijo, Alba. Con preocupación.

Aitor, pego su oreja, a la barriga.

—¿Sientes a nuestro bebe? —dijo, Alba.

Aitor estaba atento, por si sentía una patada de su bebe.

—¡Dime Aitor! ¡me estas asustando!

De golpe, sintió una patada leve de su bebe, y contento, expreso:

—¡Si! ¡ya lo siento!

—Yo también lo sentí —sonriendo, agarro la mano de su marido.

—Bebe, la poca agua que queda —ofreció, Aitor, a su mujer—. No ha llovido desde hace tiempo, tampoco me fio, de esas humeantes nubes negras. A saber, si el agua que cae, también está contaminada.

>>Desde que vi el artículo en el periódico que me diste, apenas me atrevo a respirar.

El problema, no era solo el agua, también la comida, las pocas papas que había en un paquete, se las dio Aitor, a Alba, ya que le hace más falta que a él alimentarse.

Alba, estaba con el paquete de papa, haciendo nudos, murmurando:

—Uno, dos, tres, uno, dos, tres, uno, dos, tres.

—Estas nerviosa, ¿verdad? —pregunto, Aitor.

—Si, esto me calma —dijo, con movimientos impredecibles en su mano derecha—. Tenemos que buscar algo de comer… —añadió.

—Pero, ¿Dónde? El agua, está contaminada, ahora tampoco llueve, y animales no he visto ninguno. Mire en el lago, pero ni un pez, llegue a ver. —expreso, con algo de inquietud.

Un trueno retumbo, en el lugar sagrado, y subsiguiente, inicio a chispear.

—¿Escuchas? —consulto, Aitor, con atención al sonido de las gotas, que caen contra el techo de la capilla—. ¡Está lloviendo!

—¡Rápido! ¡agarra algo para recolectar un poco de agua! —exclamo, Alba.

Con viveza, Aitor agarro algunos recipientes, incluidas las botellas que tenían a mano. Se situó bajo el agujero del techo, colocando los recipientes en el suelo. Pero, vio algo extraño en el agua que caía, miro al cielo, y posteriormente a su mujer, y dijo:

—Tesoro, no es agua (…) —su rostro, estaba manchado de un líquido rojo. Cuando Aitor, saboreo, el líquido que arrojaba el cielo, afirmo:

—¡Es sangre!

Alba, a gran velocidad salió por la puerta, y cuando miro al cielo, no había ninguna nube, el cielo estaba despejado. Pero al fin, por primera vez, vio la luna (después de varios días).

Esa luna, no era una luna cualquiera, entonaba un color rojizo, era precioso el panorama del cielo negro, con la luna roja iluminando el tramo. Pero, Alba, era consciente, de que ese fenómeno, era algo especial. Que los espíritus, retornaron para jugar de nuevo con ellos.

Aitor, salió fuera junto con su mujer, y dijo:

—Ya no hace frio, ¿te diste cuenta?

Alba, junto con su marido, estaban percatándose, que la sangre que caía, era caliente, y que la temperatura ambiente del tramo, estaba elevándose.

Un ruido dentro de la capilla, los inquieto.

—¿Escuchaste eso?

—Si —respondió, Alba.

Entraron de nuevo a la capilla, dentro, una nueva amenaza los esperaba. Un perro, con los pelos alborotado, gruñendo, con ojos, de color, a vino tinto.

Alba, reconoció aquel perro, en verdad, era una perra, porque era la mascota de Oliver.

—Es la perra de Oliver —confirmo, Alba.

—Creo, que no le caemos bien.

El animal, salió corriendo tras Aitor, sin piedad para morderle. Aitor, rodeo un banco, y agarro un palo, intentando de espantarlo.

—¡Fuera de aquí <<chucho>>!

Pero, salto por encima del banco, mordiendo a Aitor, en una pierna.

—¡Ah! ¡corre Alba! ¡escóndete! —grito, Aitor—. ¡No me suelta la pierna!

Tenía una fuerza enorme, siendo un perro de tamaño medio, tiene tanta fuerza en su mandíbula, que era como un cocodrilo, una vez que cerro la boca, atrapando un trozo de pierna de Aitor, ya no era capaz, de quitárselo de encima.

Ella, en su estado, sabe, que como la siguiera aquel animal corriendo, la alcanzaría en un periquete.

Haciéndole caso a su marido, salió corriendo de la capilla, resguardándose dentro de la caseta del embarcadero.

En cambio, Aitor, seguía enfrentándose con el animal, lo golpeo en repetidas ocasiones con el palo, pero aquella criatura, tenia <<pinta>> de venir del infierno.

—¡Vete a <<tomar por culo!>> —exclamo.

La alimaña, gruñía, mientras zamarreaba la pierna de Aitor, que consigue tirarlo al suelo por su fuerza. El, recordó algo, que le salvaría de aquel animal.

Saco de su bolsillo el mechero, y grito:

—¡Arde! —prendió fuego a los pelos maloliente de aquella fiera, de menos de sesenta centímetros. Pero, con una fuerza de mordida de un Kangal (raza de perro, de un tamaño considerable).

El animal, entre estridentes quejidos, salió de la capilla despavorido.

—¡No vuelvas más! —grito, Aitor, levantándose del suelo, para sentarse en el banco más cercano.

Ojeo sus heridas, eran bastante profundas, incluso en una zona de la pierna, un trozo de carne se descolgaba. La sangre, fluye de una forma incesante a través de su pantalón fragmentado en varios trozos.

—Tengo que ponerme algo, antes de desangrarme, e ir, en busca de Alba —dijo, cojeando hasta su maleta, para coger ropa y hacerse una venda provisional.

Agarro un jersey y varios calcetines, preparando una <<cuerda>> para hacerse un torniquete, mientras que con el jersey, cubrió sus heridas. Luego, rodeo con la cuerda improvisada, su pierna, comprimiendo las heridas. Para que dejara de sangrar.

Alba, en la caseta del embarcadero, mantenía la respiración, tenía la constante sensación, de que ese maldito animal, estaba cerca de ella, acechándola.

<<Espero que Aitor, este bien>> pensó, (sin saber, que su marido consiguió espantar al animal, pero que estaba mal herido).

A los pocos minutos, Alba, salió de su escondite, asomándose por la puerta de la caseta.

<<Voy a ir a la capilla, es raro que Aitor, no me esté buscando>> pensó.

Cuando quiso cruzar el camino del tramo, el correteo de algo, le hizo retroceder hasta un arbusto.

<< ¿Que fue eso?>> pensó, observando en círculo, por si veía algo.

Ella, volvió a intentar cruzar el camino, pero esta vez, lo que escucho fue el gruñido de aquella perra, sin apenas pelo. Que salió con agilidad, de dentro del coche quemado de Aitor.

Alba, salió corriendo a la caseta, mientras la mini bestia, la perseguía a muerte, como si no tuviera otra cosa que hacer.

Cerró la puerta, los golpes eran brutales. La alimaña golpeaba tan fuerte, que conseguía resquebrajar la puerta.

—Dios mío, pero, ¡qué hago! —exclamo—. ¡Dios sálvame! —Añadió, implorando.

El sonido ceso por unos segundos, pero, los pasos de aquella criatura, se escuchaban deambulando por los alrededores de la caseta.

Oyó, un pequeño chapoteo. Alba miraba dentro del embarcadero, esperando que la criatura saliera del agua a por ella.

Pero no fue así, de nuevo, el animal embistió la puerta, consiguiendo romperla, mordía como un perro rabioso, los bordes del agujero que había causado en la puerta, para poder adentrarse por el.

Alba, con gran valor, le dio una patada al perro en la cabeza, consiguiendo que este sacara la cabeza del agujero.

—Pero, ¡vete ya! ¡no vas a conseguir matarme!

Observo, que estaba la barca, que arreglaron Aitor y Gabriel, agarro los dos remos de madera que había encima de un estante, y monto en ella. Ella no era una profesional remando, pero consiguió salir poco a poco del embarcadero.

El animal atravesó al fin la puerta. Alba, remaba lo más rápido y fuerte que podía.

—¡<<Joder>> ahí viene!

La perra de Oliver, con apariencia de perro zombi, de película de serie b. Intento saltar para subirse a la barca, por suerte, no llego, golpeándose en el borde.

—¡Toma! ¡por atacar a una mujer embarazada!

Justo, en el momento que dijo eso, el animal salió a la superficie, persistiendo en querer atacar a Alba.

—¡No te cansas! —exclamo, agarrando uno de los remos, a dos manos.

Intento trepar, pero ella, con el remo, le dio un buen escarmiento, dándole un buen golpazo. El animal gimoteo, mientras nadaba hacia la orilla.

—¿Dónde está? —pregunto, a sí misma, mirando a la orilla, por si lo veía.

Pero Alba, perdió de vista aquella perra acosadora.

—Sera mejor, que me tumbe —dijo, mareada Alba.

—¡Alba!

El grito de su marido, sobresalto a Alba, que se puso de pie de nuevo en la barca.

—¡Cariño! —Alba, estaba a unos trece metros alejada de la orilla—. ¡Cuidado! ¡ese animal ronda aun por aquí! —añadió, moviendo los brazos en alto.

Aitor, pensó:

<<Que demonio es ese perro, ¿un espíritu?>>.

¡Guau! ¡guau…! ¡Grrr!

Aitor, apenas escucho el ladrido, dio la vuelta con calma, mirando de reojo, aquella bestia más pesada que un elefante.

—¡Aitor cuidado! —Alba, se dispone a remar de nuevo para ayudar a su marido—. ¡Vete a la caseta! ¡te recojo! —añadió, mientras remaba obstinada a llegar al embarcadero, antes de que se comieran a su marido.

Aitor, corre para ponerse a salvo dentro. Agarra un mueble de almacenamiento de herramientas para colocarlo en la puerta, de esa forma, taparía el agujero.

La alimaña, intenta atravesarlo, pero, a ver, que no puede, de una forma extraordinaria, sube encima del tejado de la caseta, mordiendo, y consiguiendo arrancar, unos pedazos del techo.

Alba, está a unos metros de llegar al embarcadero de la caseta, grito:

—¡Aguanta un poco!

Aitor, respondió:

—¡Tesoro!, ¡yo aguanto lo que quieras! Pero, ¡dile a este de arriba!

El perro, alcanzo su objetivo, abrió un agujero lo bastante grande, para poder entrar por él. Miro, a Aitor, gruñéndole, con los ojos descompuesto, y la baba goteándole de sus fauces.

Alba, estaba a menos de dos metros de distancia del embarcadero, y exclamo:

—¡Venga, vamos cariño! ¡salta!

Pero, Alba, no sabía que su marido estaba herido de una pierna, y que no podría saltar ni el borde de una acera. La alimaña, escucho la voz de Alba, y fue directo a saltar encima del bote. Aitor, chillo:

—¡Ven a por mí! ¡mal nacido!

Alba, agarro el remo, para alejar al perro de ella.

—Aitor, ¡ayúdame!

Aitor cojeando, cogió carrerilla, saltando encima del bote agarrando a aquel perro por el lomo.

Forcejeando con él, recibió un par de mordisco en su brazo, y lo tiro contra la pared del embarcadero con todas sus fuerzas, disipándose por completo. Dejando, una mancha negra en la pared del embarcadero, instante después, los dos, escucharon un aullido que ponía la <<piel de gallina>>.

—¿Estas bien? —pregunto, Alba. Preocupada por su marido.

—Si, creo que estoy bien —Aitor, miro las heridas de su brazo—. No parecen profundas, pero, la herida que tengo en la pierna, me está matando —añadió.

Alba, apoyo la cabeza de Aitor, en su vientre.

—Tranquilo cariño, tranquilo, saldremos de aquí —animo Alba, a su marido (hace tiempo, que Alba, no era optimista con algo).

—Es una locura, como hemos acabado en esta situación, si solo íbamos a casa de tu madre.

<<Mi madre... ¿Que estará haciendo ahora?>> pensó, Alba.

—Debe de estar preocupada.

—Si (...) —dijo, Aitor

Los dos, se quedaron en la barca mirando al cielo, apreciando lo único hermoso que había en ese momento para contemplar, la luna roja, mientras la lluvia de sangre caliente, los empapa de arriba, abajo.

—¡Ah! ¡¿Dónde estoy?! —Blanca, despierta dentro de una bañera, llena de agua maloliente.

<< ¿Dónde estoy? No reconosco este sitio>> pensó, Blanca.

Blanca, despertó en una habitación vacia por completo, pero, habia una ventana, que por ella se veía los preparativos de una hoguera.

—Creo, que esto no es el tramo —dijo, Blanca. Que salia de la bañera sin nada que le tapara sus partes intimas—. Solo recuerdo como aquella mujer con mi misma apariencia física, me agarro para tirarme en aquel pozo —añadio.

>> ¿Donde estarán los demás? —pregunto, en voz alta, asi misma.

Blanca, procuro en darse prisa en abrir la puerta, pero estaba cerrada. El plan b, era salir por la ventana, pero estaba cerrada a cal y canto, aun que era de cristal, quizás podría romperlo, pero, ¿con que?

Lo único que tenia a mano, era aquella bañera con esa agua que olia a vomito. Intento arrancar el grifo, para romper de esa forma el cristal, pero es imposible, estaba atornillado a conciencia.

<< ¿Que puedo hacer?>> pensó, mirando a la puerta, que era de hierro. Solo tenia una muesca, y es donde va una llave que ella no tiene.

Pego el oído a las paredes, que estaban alcochadas con un tono gris (por la suciedad) por si oia algo, pero no fue el caso.

—¡Que hago! ¡joder! —grito, andando de un lado, a otro, por la habitación.

Golpeo con la mano cerrada el cristal, no consiguió romperlo, por que tenia el grosor de unos tres centimetros. Desesperada, volvió a intentar quitar el grifo.

—¡Venga sal! ¡joder!

Se resbalo cayendo de nuevo a la bañera.

—¡Hijo de tu…! —exclamo—. Un momento, ¿esto que siento que es?

Noto, en el culo como algo le pinchaba, indago en el fondo de la bañera con su mano, hasta encontrar el tapon del desague.

Cuando lo quito, la bañera quedo vacia, pero no habia nada en el fondo, ninguna pista, o algo que le sirviera. Con furia, tiro el tapon contra el cristal, escuchando un ruido metálico que rebotaba varias veces en el suelo.

—¿Qué fue eso?

Bajo la bañera, encontró un pequeño objeto metálico, que cuando lo agarro, grito:

—¡Es la llave!

Sin pensarlo un segundo, y con ilusión de salir de aquella habitación, se dirigio a la puerta para abrirla.

—Que diablos… —la llave no entraba—, ¡entra! —añadio, cabreada.

El pestillo de la puerta, hizo un pequeño <<clic>>, pero Blanca, no habia podido meter la llave ni siquiera. Fue, a paso ligero, a una esquina de la habitacion, la puerta, se abrió haciendo un ruido destemplado.

Entraron dos mujeres, vestidas de monja, con un estropajo de aluminio y un cubo de agua. Las dos, eran mujeres fornidas, una de ella agarro a Blanca, para ponerle las manos contra la pared.

—¡Que haces zorra! ¡sueltame! —Blanca insulto a las dos monjas, mientras se resistia, pero, una de ellas le agarro de los pelos, estampándola contra la pared en varias ocaciones, y gritando:

—¡Esta sucia puerca, dejanos que te quitemos la mugre!

Mientras que una la sujetaba, la otra, le frotaba con el estropajo de aluminio la espalda.

—¡Ah! ¡malditas hijas de…! —la monja, que la sujeto, no le dejo acabar la frase, le dio un golpe tan fuerte, que le partio las paletas.

La espalda de Blanca, se estaba quedando en <<carne viva>>, ensangretada por completo. Luego, la monja que la estaba sujetando, le dio la vuelta, y agarrándola del cuello la ponía contra la pared, sin apenas poder moverse.

—Ahora cerdita, a limpiarte lo mas impuro que tienes, ¡tu enorme vagina!

—¡No! ¡porfavor no! —Blanca llora, el dolor era insoportable.

La mujer, froto sus partes, sin ninguna delicadeza, haciendo que sangrara. No solo le froto en su vulva, si no, también, en sus pechos.

Cuando terminaron, el cubo estaba lleno de la sangre de Blanca, la pared donde estaba apollada, quedo totalmente roja, y su piel, bueno, su <<piel>>, cadecia apenas de ella, desollaron todo su cuerpo, solo dejaron intacta su cara, menos por el golpe que se llevo en la boca, que perdio parte de las paletas.

Las dos monjas, cuando salieron de la habitacion, Blanca cayo sin fuerzas al suelo, perdiendo la conciencia.

Luego, despues de pasar unos minutos, llego un hombre con un rollo de alambre, y unos guantes de cuero. Es el mismo alambre que atraveso las ruedas, del Opel Calibra.

El hombre, de unos cuarenta años, vestido con traje de chaqueta, rodeo el cuello de Blanca con el alambre de pinchos.

—¡Venga, despierta! —tiraba del alambre, pero Blanca, no reaccionaba— ¡Vamos maldita perra!

Desperto Blanca con destemplanza. Su cuerpo hervia, el dolor era tan fuerte, que provoco fiebre en ella.

—¡Te lo suplico porfavor! —Blanca, besaba los zapatos negros de aquel hombre, que miraba a Blanca con indiferencia, como si fuera un excremento de la calle.

—¡Vamos! — estiro del alambre, clavándose las puas, en el cuello de Blanca—. No tengo tiempo para estupideces de una puta.

La llevo por un pasillo, como si se tratara de un perro. Blanca, observo que se encontraba en un hospital abandonado, y que estaba sola, por que no se escuchaba la voz de nadie mas.

—¿Dónde me llevas? Pregunto, Blanca.

—Ahora, veras.

—¿Me vais a matar?

El hombre la miro de reojo, y dijo:

—Tu estas muerta.

—Como que, ¿estoy muerta? —volvió, a preguntar.

—Esto es tu condena.

—¡Mi condena! ¡¿Por qué?! ¡No hice nada malo!

—La lujuria, se paga con la condena eterna —respondio.

Estiro del alambre, y grito:

—¡Calla! Y sigue andando.

—¡Ah! ¡me haces daño!

—Es lo único que te espera —fueron las ultimas palabras que dijo el hombre.

Blanca, salió por la puerta principal del edificio, justo en frente, vio, lo que observo por la ventana, los preparativos de una hoguera. Solo que esta vez, estaba rodeado de monjas.

Blanca, paro, no queria ir, por que intuia lo que le esperaba.

—¡Sueltame! ¡porfavor te lo pido! —el hombre, ignorando la petición de Blanca, agaro de su hombro, apretándole fuerte y tirándola al suelo.

—¡Vamos! ¡sigue caminando!

Un cura, ando hasta un atril que habia de madera, y dijo:

—Aquí, venimos hoy hermanas, a recuperar el alma de esta joven, que entrego por su lujuria al diablo.

—¡Amen! —gritaron.

—¡Subirla!, ¡y atarla con los alambres al poste de madera! —exclamo el cura.

—¡No porfavor! —cuando Blanca, miro al hombre que la llevaba, este, cambio de apariencia. Ahora, era idéntica como ella.

—Tu alma, ¡sera castigada eternamente aquí! —expreso con vigor, mientras dibujaba una excitada sonrisa en su cara.

La llevaron a la fuerza arriba, y con el mismo alambre que portaba, la ataron en el poste. Rozando su piel contra la madera, provocando un dolor indescriptible.

Alba, solo sabia pedir disculpa, y suplicarles que la dejaran ir, pero todo estaba decidido.

—¡Quemarla, debemos de extraer el alma de su cuerpo impuro! —exclamo, el cura.

Las monjas eufóricas, gritaron:

—¡Purifiquemos el alma de esta joven! ¡Amen!

Una de las monjas, encendia una antorcha.

—¡Convoquemos la luz de dios, en aquellos, que, con sus pecados, se condenan al fuego eterno! —proclamo el cura, desde el atril—, ¡Amen! —añadio.

—¡Amen! —repitieron todos.

—¡Estais locos! ¡hijos de putas! —Blanca, ignoraba el dolor que sentía en su cuerpo, solo clavaba su mirada, en aquella monja que alzava su brazo con una antorcha en su mano, esperando a que el cura, le diera la orden de dejar caer la antorcha en la hoguera.

Blanca, sin parar de llorar, y con mirada de lunática, exclamo:

—¡Dios sálvame!

VIII

La Salida

La sangre caliente, se acumula en la barca donde esta el matrimonio. La luna roja observa, como aquel matrimonio lucha por sobrevivir, la lluvia a cesado, pero los animos, decaen. Buscando una solución a su pesadilla.

Aitor, decide arriesgarse, y dijo:

—Tenemos que cruzar el lago, no podemos quedarnos aquí.

Alba, no estaba conforme con la decisión de su marido, por que no queria dejar tirados a Blanca en aquel sitio. No queria irse con la duda de si estan vivos o muerto.

—No —dijo, Alba—. No me quiero ir sin saber si estan sufriendo —añadio.

—Ellos estan muertos, entiendelo tesoro —Aitor, agarra la barbilla a su mujer, y reitero:

>>Estan muertos, entiendelo, ya no estan con nosotros (…)

—Quizas si esten vivos —Alba, por dentro, piensa lo mismo que su marido, pero su conciencia, le hace contradecirse.

—¡Alba que no! ¡que nos vamos de aquí! ¡no quiero perder a nuestro bebe!

Ella, toco su barriga, y pregunto:

—Que crees que sera ¿niño o niña?

—Lo único que me importa ahora es sacarte a ti, y a nuestro bebe con vida de aquí —afirmo Aitor—. ¿Quieres perder aquí a nuestro bebe?

—Claro que no (…) —Alba, lo dijo con un tono, algo desanimada—. Sabes que ir al otro lado de la orilla es arriesgarnos también a morir.

—Lo se, soy consciente del riesgo, pero prefiero morir ahogado, a que una de esas cosas me agarre.

<<Que tonteria, si mueres en este lugar, su alma igual se quedara en el tramo atrapado>> pensó, Alba.

Alba, gracias al chantaje emocional de su marido, decide ceder en lo que propuso Aitor.

—Vale…por nuestro bebe —dijo, Alba. Colocando la mano de Aitor en su barriga—, Vamonos (…)

Aitor, agarro los remos, para iniciar a remar hasta el otro extremo del lago. Alba, mira la pierna de su marido, y dijo:

—Tiene mala pinta.

—Esta infectado —afirmo, Aitor.

Estaban a una distancia moderada de la orilla, encontrándose casi en medio del lago. Parece, que todo iba bien, que no habia ni una puerta para que los volviera de nuevo al mismo punto. Pronto, podrían llegar al otro lado de la orilla.

—¡Socorro! —los gritos de Blanca, resuenan a lo lejos.

Ellos, no podían diferenciar muy bien de quien era esos gritos.

—¿Que fue eso Aitor? —pregunto.

—No se —respondio con inquietud.

Un segundo despues, un segundo grito, llamo aun mas la
atención de Alba.

—¡Ayudarme! ¡¿Dónde estais?!

Alba, reconoció al fin la voz de su amiga Blanca.

—¡Es Blanca! —exclamo desesperada, Alba—. ¡Tenemos
que ir! ¡vamos! ¡vamos! —insistió.

—Y si, ¿es una trampa? Recuerda que nos han engañado varias veces a todos —dijo, Aitor. Que se niega a volver—. A saber, si solo quieren atraernos.

—Lo siento, pero no me puedo ir sin saber si es ella o no —
dijo, Alba. Con semblante mustio—. ¿Te gustaría que a ti te
abandonaran a tu suerte?

Despues de decirle eso su mujer, sin mediar palabra comenzó a remar para volver a la orilla.

<<Alba, tiene razón, no podemos abandonar a nadie, si hay
indicios de que esta viva>> pensó, Aitor.

Blanca, no paraba de gritar. El, cada vez se daba mas prisa
en llegar a la orilla, mientras que su mujer, pedia que fuera mas
rápido.

—¡Hago todo lo que puedo! —chillo, Aitor.

Una vez que llegaron, dejaron la barca en tierra, para que
no se fuera lejos de la orilla. Vuelven a escuchar el grito de
Blanca, esta vez mas próximo.

—Esta en el pueblo —confirmo, Aitor.

—No perdamos tiempo —respondio, Alba.

Alba, salió corriendo con mas agilidad que nunca, a pesar de su estado. Aitor, en cambio cojeaba, el dolor es tan fuerte que cada paso es una puñalada en la pierna.

Cruzaron la entrada, para ir al sendero que conduce al pueblo, se encuentrar con una sorpresa. El maldito perro zombie cruza por delante de ellos, y se sento a mirarlos.

Sin hacer nada, se quedo quieto como una estatura, solo los observaba. Ellos, no dudaron en salir disparados por el sendero para llegar lo ante posible al pueblo.

Cuando llegan encuentran algo peor, los aldeanos estan alrededor de la fuente siniestra que decoraba la plaza central del pueblo. Blanca, arriba, con el cuerpo desnudo, y la piel arrancada casi a tiras.

—¡Es Blanca! —exclamo, Alba.

—¡Ayudarme! —dijo, con apenas fuera Blanca.

Los aldeanos tenían antorchas en sus manos, mirando todos a Blanca, en aquel poste de madera en la cima de la fuente, rodeada de leños.

—¡Hijos de putas! ¡Quieren quemarla viva! —dijo a gritos, Aitor—, ¡soltarla!

El cura (el mismo que vio Alba en la capilla), esta enfrente de la fuente, en un atril, y voceo:

—Ahora, ¡que estamos todos! Continuaremos con nuestro cometido, limpiar las almas impuras de este mundo, liberándolas del diablo.

Todos, gritaron:

—¡Amen!

—¡Liberarla ya! —dijo, Alba—. Hemos cometido errores en nuestra vida, pero vosotros no podeis juzgarnos, solo dios.

Alba, intento llegar donde esta la fuente, pero los aldeanos, se situaron en medio de su camino para que no pasara.

El cura, contesto:

—¡Tu alma es tan impura como el de ella! ¡no mereces la vida que tienes! —clamo—. Hemanos, y hermanas, una pecadora quiere darnos ejemplo, de lo que esta bien o mal.

>> ¡Hoy! Vamos a limpiar uno de los pecados capitales que mas enferma al mundo ¡lujuria!

—¡Amen! —gritaron de nuevo todos.

—¡Dejarme ir! —suplico, Blanca. Desde lo mas alto de aquella fuente.

Aitor, empuja a los aldeanos, pensó:

<<Puedo tocarlos>>.

—¡Dejarnos pasar! —grito, Aitor. Mientras forcejeaba con aquellos lugareños.

Alba, aprovecho para colarse por debajo de sus brazos, para intentar subirse por los leños. Pero varios aldeanos la agarraron de la pierna tirándola abajo, sujetándola a ella del cuello.

Su marido, no aguanto mucho la disputa con aquellos espíritus, ya que eran mayoría.

—¡Soltarme! —exclamo, Aitor. Sujetado por sus brazos por aquellos espíritus—. ¡¿Dónde esta Gabriel?!

—Tu amigo, ya forma parte de las almas liberadas —dijo, el cura.

—¿A esto lo llamáis libertad? ¡Tener a todos esclavizado en este maldito tramo! —expreso, Aitor.

—¡Es la única libertad, que nos dejaron los vivos! —dijo furioso el cura—. ¡Probareis la libertad que los vivos, nos dejasteis!

—¡No todos tenemos la culpa de lo que os paso! —dijo, Alba—. Sabemos lo que ocurrió, y si nos dejais marchar, haremos que el mundo sepa lo del accidente —añadio.

—¿Accidente? No sabes de lo que hablas —dijo, el cura—. ¡Que miren, como arde la furcia de su amiga!

Todos los aldeanos, aclamaron al cura. Mientras, una monja con una antorcha ardiente, se acerdo a los pies de la fuente, alzando su brazo, esperando la señal del cura.

Blanca suplico, aun que no le sirviera de nada. El cura, miro a la monja, y asento con la cabeza, para que prosiguiera con la ceremonia de purificacion.

—¡Vamos a liberar al mundo del diablo! —clamo, con vigor el cura.

La monja, solto la antorcha, provocando una gran llamarada. Alba, llorando, se deshizo de las manos sucias de aquellos espíritus. Aitor, que lucha para ir a ayudar a Blanca, lo tiran al suelo, que mira como su pierna sigue sangrando.

—¡Me quemo! ¡me quemo! —Grito Blanca, con mucho dolor. Cuando sintió en sus pies, el fuego abrasandola.

El fuego, casi cubria por completo a Blanca, su piel se levanto. El olor a carne quemada era tan fuerte que el matrimonio se tuvo que tapar con su propia ropa la nariz y la boca.

—¡Ah! —continuo girtando Blanca.

A pesar de la escena, Alba, no puede aparta la vista de cómo su amiga arde. Blanca, antes de ser pasto de las llamas, miro
a Alba, y grito sus ultimas palabras:

—¡Mira que bien arde, la ramera de tu amiga! —con una
voz grave, y tenebrosa, que procedia del mismísimo infierno.

Alba, quedo paralizada, como si se tratara de una estatua.

<<Aitor tenia razón, es solo una trampa>> pensó, Blanca.

El cura empezó a reírse, y dijo:

—Tu amiga ya esta condenada en el fuego eterno, es lo
mismo que os ocurrirá a ¡vosotros! —bajo de donde estaba el
atril—. El bebe, que llevas dentro, sera nuestra alma mas valio-
sa. Has condenado a tu bebe, a correr tu misma suerte.

—¡No tendréis el alma de mi bebe! ¡eso jamás!

Alba, acudió a la ayuda de Aitor, que estaba aun tirado en
el suelo.

—Agarrate a mi hombro, tenemos que irnos de aquí.

Aitor, arrebato una de esas antorchas, al aldeano mas cercano de el. Luego, caminaron lo mas rápido que podían, mientras se apoyaba en su mujer sosteniendo la antorcha, y se
sostenia con la otra mano en los muros de piedra caliza de aquel
sendero.

El cura, exclamo:

—¡No teneis escapatoria! ¡una vez que entráis, no podeis salir!

Cuando van a salir por fin del sendero, de nuevo, el perro
vuelve a jorobarles la situación.

Grrr…Grrr —el animal gruñe, mostrando su dentadura afilada, y perfecta (es lo único que tenia bien, por su aspecto parece un peluche, despeluchado).

—¡Fuera de aquí! —exclamo, Alba.

Aitor, con la pierna que no tiene herida, intenta alcanzarlo para darle una patada. El perro, hábil como un ninja, esquivaba los intentos de hacerle daño Aitor, mordiéndole en el pantalón.

El perro dio un salto para morderle, pero gracias a la Antorcha, Aitor consiguió que se fuera alejando. Salieron como pudieron del sendero, cruzando el umbral donde estaba la entrada con el cartel.

Aitor, cayo al suelo, y grito:

—¡Huye tu! ¡yo lo entretengo! —dijo, mientras movia de un lado a otro la antorcha.

La antorcha, era lo único que se interponía entre aquel perro y el. Alba, no lo dejaría tirado, y exclamo:

—¡vamos! ¡no voy a cuidar yo sola de nuestro bebe!

En la entrada, estan los aldeanos del pueblo observando, sin ir a por ellos.

<< ¿Que raro, por que no vienen?>> pensó, Blanca.

Alba, cansada del maldito perro que deambula en circulo para volver a atacar. Arranco la antorcha de las manos de Aitor, para tirárselo a la geta del animal, consiguiendo que saliera huyendo entre unos arbustos.

—Que raro, no nos ataca —dijo Aitor, mirando a los aldeanos que solo observan el espectáculo de escape del matrimonio.

—¡Aprovechemos ahora para llegar a la barca! —propuso,
Alba.

Aitor, apoyándose en Alba, llegan al lago. Aitor empuja la
barca con la ayuda de su mujer para meterla de nuevo en el
agua. La mitad de sus cuerpos quedan sumergido en el lago.

Aitor, sube encima de la barca y entrega la mano a su mujer
para ayudarla.

—¡Vamos rema! ¡rema! —grito, Alba.

Cuando miro atrás, quedo estrañada en que ninguno de los
aldeanos, les persiguiera.

<<No estan preocupados en que nos escapemos>> pensó,
Blanca.

—Que raro que no nos sigan —dijo, Aitor.

—En eso mismo estaba pensando —respondio, Alba.

Cada vez, estaban mas lejos de la orilla.

—Creo que funciona —dijo Aitor.

<<Blanca… y Gabriel, quedaran sus almas atrapadas aquí>>
pensó, Alba. Mirando, como dejaban atrás la orilla de aquel
maldito tramo.

Alba, inicio a llorar, y dijo:

—Hemos dejado a nuestros amigos allí atrapados, Aitor —
dijo, Alba. Con un llanto incontrolable.

—Porfavor amor no llores, vamos a salir de aquí, que es lo
importante.

—Pero, ellos no (…) —contesto, Alba.

—Ellos, ya no estan con nosotros, ya no estan con vida, entiendelo —dijo, mientras remaba Aitor—, ellos harian lo mismo si tuvieran una oportunidad para escapar.

—Ya (…)

Estaban a mas de cien metros de distancia, la otra orilla casi se podía tocar, al fin podrían escapar de ese <<atajo>>. Que se convirtió para todos ellos en un infierno.

Apenas a quince metros de la orilla, la barca tiembla un poco, como si fuera unas vibraciones que provienen del subsuelo.

—¿Que fue eso? —pregunto, Alba. Levantandose por si veía algo en el fondo del lago, pero lo único que se podía apreciar era la oscuridad absoluta.

—Sientate tesoro, puedes caerte, sera alguna corriente —teorizo, Aitor.

—¿Corriente? ¿en un lago? —pregunto, con ironia Alba.

El ambiente del lago cambia, una niebla recubre la superficie del agua, y, unas burbujas emanan, como si el agua estuviera hirviendo.

Alba, metio la mano para comprobar si el agua se estaba calentando, y dijo:

—El agua esta caliente, pero no quema.

—Cualquiera diría que esta hirviendo —respondio Aitor.

Los dos se pusieron un poco de los nervios, la orilla estaba cada vez mas cerca, Aitor, no paraba de remar con fuera, pero sentía como el agua se espesaba, como si fuera una crema consistente.

—¡No puedo remar! —Exclamo.

Alba, volvió a meter la mano en el agua, y era cierto, podía casi agarrar el agua con sus manos como si fuera plastilina, eso si, una plastilina que olia como un mendigo despues de hacer la maraton internacional de la Viña del Mar.

La barca vuelve a temblar, pero esta vez con mayor virulencia. Alba, asustada grito:

—¡Diablos! ¡Que es lo que hace que se mueva a si la barca!

Unas manos largas, y negras, surgen del lago para agarrar los bordes de la barca, zarandeándola en distintas direcciones para volcarla.

—¡Que es eso! —exclamo, Aitor.

—¡Son ellos!

Un pequeño crujido, anuncio el destino próximo de la barca. Estaba resquebrajándose por la mitad, y el agua estaba entrando en la barca.

—¡No va a aguantar mucho! ¡si siguen tirando de ella! —afirmo, Aitor.

Agarraron los remos, y empezaron a golpear aquellas manos, de color negro con unas uñas largas, pero, sin éxito alguno la barca principio a rajarse casi al completo por la mitad.

Antes, de quedar obsoleta la barca, una de esas <<cosas>>> agarro a Aitor del cuello.

—¡No! —exclamo Alba.

Alba, alfin pudo ver el rostro de esas criaturas, que no parecían nada a los aldeanos del poblado. Tenia los ojos blancos, de un color perla, su rostro, no se diferenciaba mucho, tenia una sustancia que lo recubría por completo. Era como el agua, pero, oscura, y viscosa.

Milesimas despues, tiran a Aitor al lago. Empieza a chapotear en la superficie, girtando:

—¡No puedo nadar me hundo!

Mientras que su marido estaba ahogándose en aquellas aguas pestilente, Alba, sin pensarlo ni un segundo, estiro su brazo para agarrar a su marido.

—¡Agarrate de mi mano!

Aitor, intento sujetar la mano de su mujer, pero, una de esas cosas desde abajo, lo tiraba hacia al fondo cada vez mas.

—¡Me empujan al fondo! —chillo, Aitor. Que se hundio, dejando solo cuatro dedos de los cinco asomados a la superficie.

Alba, Teniendo medio cuerpo fuera de la barca, consigue agarrar sus dedos.

—¡Ya te tengo!

Un ultimo tiron de aquellas cosas, arrastro al fondo a su marido, Alba, grito con rabia:

—¡No! ¡Aitor!

Mientras que Alba grita angustiada, los otros seres que <<jugaban>> con la barca, terminan de romperla por la mitad, Cayendo Alba en el fondo del lago.

En el fondo, tiene una vibilidad nula, siente como por su cuerpo le rozan con diferentes extremidades, suponiendo que seria una de esas cosas, y que, de ahí, no saldría ya con vida.

No era capaz de subir a la superficie, y no era por el peso de su barriga, por que su barriga cada vez era mas inesistente y se sentía ligera. Es por culpa del agua y su densidad, lo que provocaba que no pudiera subir a la superficie.

De la orcuridad se origino unos orbes rojos, como las que vio en otras ocaciones. Esas luces ayudaban a Alba, a tener mejor visibilidad en el fondo, pero, existía aun el problema de no poder llegar a la superficie, su oxigeno se esta agotando, y ya no puede aguantar por mucho tiempo mas la respiración.

Alba, intuye, como esas luces de su alrededor, aumenta su iluminosidad. Viendo, que esas luces provienen de los ojos de las criaturas que la estaban acechando.

Cuando se acercaron a ella, Alba, con cara de espanto, pensó en ese momento:

<<Llevame a mi, pero no a mi hijo>>.

Pero antes de alcanzarla una de esas <<cosas>> con sus garras, una luz emana del vientre de Alba, una luz blanca, que ilumina todo el lago.

<< ¿Que es esta luz que sale de mi?>> pensó, Alba

La criatura que estaba a menos distancia de ella, tapa sus propios ojos, saliendo huyendo, el, y todos los que rodeaban a Alba.

Aun existe un problema para ella, no logra subir a la superficie por mucho que se esmere. Quedandose sin conocimiento en el fondo del lago.

Despues de un largo periodo de tiempo.

Alba, despierta entre jadeos en la orilla del lago, espujameando por su boca un fluido blanco consistente.

Echa un vistazo a su alrededor, y dijo:

—Otra vez aquí no (…)

Se encontraba en la orilla del lago, pero en el lado equivocado, por que estaba de nuevo desde donde salieron ella y su marido.

Dejo de llover, aun que hacia mas calor que antes. Alba, miro a la luna, percatándose de que tenia un color mas intenso. Y seguía siendo de noche, despues de tantas horas, en el tramo, no surgia los rayos de el sol.

Con el aliento recuperado, se levanta Alba, mirando al lago, y grito:

—¡Aitor! ¡¿Dónde estas Aitor?!

Un silencio sepulcral, regia en el tramo.

—¡He perdido a mi marido! ¡¿Por qué?! —Ahora, es cuando Alba estaba valorando lo que tenia—. Ahora no tengo nada…bueno si, te tengo a ti, mi bebe. Nunca me abandones —expreso apenada Alba, mientras sus lagrimas caian al suelo.

<<Esta, me la vais a pagar>> pensó, Alba. Que decidio ir al pueblo a enfrentarse a ellos, pero antes, queria pasarse por la capilla, para quitarse esa ropa humeda, y pestilente.

Con la poca energía que le queda, despues de llevar tanto tiempo sin comer, abre la puerta de la capilla. Va donde su maleta, peor un dolor la deja caer al suelo.

—¡Ah! ¡Ah! ¡me duele! —palpo como dentro de su barriga su bebe se tetorcia. Por un lado, eso calmaba a Alba, por que significaba que el niño estaba bien, a pesar de que se veía mas flaca (pensó que podría ser, de que perdio peso por no comer).

—¡Como duele! —grito, con un dolor que le llegaba desde la barriga hasta la columna.

<< ¿Estare poniéndome de parto? Tengo la sensación que estoy apunto de parir>> pensó.

El dolor ceso, unos sudores frios recorrían la frente de Alba.

—Uf…creo que ya se ha calmado el dolor —dijo relajada.

Cogio su maleta, para cambiarse, miro su vientre, y pensó:

<< ¿Que fue lo que desato aquella luz?>>.

Una vez que se cambio, se sento en el banco de la capilla, manteniendo consigo misma una conversación, de todo lo que le habia ocurrido, sobre todo de si su marido, esta muerto igual que los demás.

—No puedo llegar a comprender, como ha sucedido todo. Solo íbamos a ir a Murcia al pueblo de mi madre a dar a luz a este bebe.

Alba, vuelve a llorar, pero sus ojos estan secos, no consigue soltar una lagrima, despues de todo lo que ha sufrido, y perdido en el tramo.

—Nunca valore a mi marido, a pesar, de que siempre ha sido bueno conmigo.

>> ¡He sido una maldita egoista! ¡tonta, que eres tonta! —golpeo repetidas veces con el puño el banco.

>>Pero, esto no va a quedar asi (…) —Alba, se levanto del banco—. ¡No voy a rendirme! ¡el alma de mi bebe no se va a quedar atrapado aquí eternamente! ¡lo prometo! —añadio, dirigiéndose a la puerta, para ir al pueblo, en busca de respuesta.

<<Por Blanca, por Gabriel, y por Aitor>> pensó, Alba.

Alba, decidida a enfrentarse a esos seres que la estaban tor-
turando. Fue directa al pueblo, un pueblo que no habia absolutamente nada inusual. Ella, no encontró señales de que ahi se
hubiera celebrado un sacrificio. No existía marcas de fuego, y la
fuente tenia su estado normal (viejo, con moho) solo el silencio
junto con la calma placentera de un lugar abandonado.

Arta, de buscar por las casas del pueblo, se dirigio a la puerta que conduce a la mina de aquel poblado, donde trabajaron en
los años cuarenta, aquellos aldeanos que ahora perturban la
existencia de Alba.

—¿Qué es eso? —dijo, Alba. Con incertidumbre al ver a una
persona de espalda en frente de la entrada de la mina.

Ella, poco a poco, se acerca, tiene duda por que no sabe si es
uno de esos espíritus maligno que esta de nuevo jugando con
ella. Pero, cuando esta apenas a unos metros, contempla que es
un joven muy apuesto.

Agarro el hombro de aquel joven, y dijo:

—Oliver… ¿verdad?

El chico giro la cabeza un poco, y respondio:

—Hola, Alba.

La forma de vestir de Oliver, habia cambiado, ahora, tenia
una forma de vestir mas actual (2019). Aun que, en Alba, au-
mento su sorpresa a ver que ya no era un adolescente, si no mas
bien un <<hombrecito>>.

Alba, pregunto:

—¿Que edad tienes Oliver?

—Tengo dieciocho años (…) —pauso, para luego decir:

Toda mi vida, en este lugar encerrado —expreso con gran tristeza.

<<El tiempo, aquí, pasa muy rápido>> pensó, Alba.

Alba, no entendia lo que ocurria, Oliver, al parecer, su edad avanzaba a corto plaza, como si el tiempo en el avanzara muy veloz. Eso, a Alba no le gusta, por que recuerda como su barriga va bajando cada vez mas, como si le estuviera ocurriendo algo a su bebe.

Tenia que salir del tramo lo antes posibles, si no, tiene el presentimiento que quedara atrapada junto con su bebe durante toda la eternidad, como le ocurre a Oliver y a los demás lugareños del lugar.

—¿No se puede espacar de aquí? Si conoces una forma, dimelo porfavor —dijo, algo desesperada Alba.

—Si es posible escapar Alba…

—¿Me podrías enseñar donde esta la salida?

Oliver, acerco su mano derecha a la puerta oscura de la mina, y dijo Alba:

—Esta, ¿es la salida?

Oliver, la miro, con unos ojos lleno de tristeza, y contesto:

—Es una oportunidad.

—Una oportunidad… ¿Para quién? —pregunto, Alba—. Solo para mi, o ¿tambien para mi marido y nuestros amigos?

Olive, acercándose a Alba, le quiso expresar unas palabras que derrumbaría el corazón de Alba.

—Lo siento Alba, pero, ellos estan condenador —dijo—, Ta no puedes hacer nada por sus almas —añadio.

Alba, cae de rodillas, encima de unos railes que, por culpa de la tierra, apenas son visibles, y grito:

—¡Todo, por este lugar! —Alba enfurecio, agarrando un palo gueso, que habia cerca de ella e inicio a golpear la puerta.

—¡Dejame salir! ¡dejame salir! —golpeo en repetidas ocasiones, pero de nada le sirvió.

Oliver, que observaba la desesperación de Alba, dijo:

—Tu bebe te ha salvado en el lago, y en la capilla —Alba, paro de golpear la puerta—. Te atreveras tu, ¿a salvar a tu bebe? —añadio.

Ella, se dio la vuelta, miro fijamente a los ojos de Oliver, y dijo:

—Si tengo una posibilidad, por muy infima que fuera, me atrevo a todo —expreso sus palabras con coraje—. ¿Cómo puedo salvar a mi bebe? ¡dimelo!

—Solo tienes que abrir la puerta…

—¡No juegue conmigo Oliver! —exclamo Alba—. ¡Esta puerta sin la llave es imposible abrirla! ¡¿tienes tu la llave?! —pregunto.

—No tengo la llave, pero te puedo decir quien la tiene (…)

—¡¿Quien?! —pregunto ella con gran interés.

—La muerte.

—Y, ¿Dónde esta la muerte?

—Eres capaz de enfrentarte a ella, ¿por ti? O ¿por tu bebe? —pregunto, Oliver.

—Por mi, y por el, hare cualquier cosa, ¡cualquier cosa! —expreso, Alba.

—Entonces, vuelve a la capilla, allí te espera para darte la llave.

—Pero… acabo de venir de allí, y no habia nadie.

—Creeme, ahora te espera el —dijo, con gran misterio Oliver—. ¡Rapido! El tiempo vuela, y a tu bebe le queda poco tiempo.

Alba, no quiso decir ni una palabra.

Salio corriendo a la capilla para encontrarse como dijo Oliver, con la muerte. Ella, no sabia exactamente a lo que se referia Oliver, pero, si servia para salir del tramo con vida junto con su bebe, quedaría con el diablo en el mismísimo infierno, si hiciera falta.

Una vez que esta en la puerta de la capilla, pensó:

<< Y, ¿si encontrarme con la muerte, en realidad es encontrar mi propia muerte?>>.

Ella, tenia duda de entrar, pero saco fuerza de donde no la tenia.

—¡Venga! ¡vamos Alba! ¡no tengas miedo! —voceo.

Cuando abrió la puerta, el primer susto que se llevo, fue cuando miro a la cruz que estaba al fondo de la capilla.

Estaba al reves, y lo peor es que Gabriel estaba crucificado en ella boca abajo.

—Dios mio, que te han hecho (…) —estaba anonadada.

El cuerpo de Gabriel estaba destrozado, desnudo por completo boca abajo, con los pies y las manos clavados en la cruz, con su boca desencajada.

Alba, que se acerco, dijo:

—¿Esto es lo que nos espera? ¿por culpa de nuestros pecados?

Alba, observa que en su boca hay algo.

—Podria ser la llave.

Acerco con grima su mano muy despacio, y agarro, de la boca de Gabriel, lo que tenia encajado entre los dientes. Ella, observo que parece ser un pedazo de hueso.

—Pero, ¿Qué es esto? —cuando lo miro con esmero, contemplo que era una llave fabricada en hueso (que podía ser de humano o animal).

Gabriel, comenzó a gritar, llevandose un sobresalto de muerte Alba.

—¡Ayudame Alba! ¡No te vayas! ¡no me dejes aquí!

—¡Tu no eres Gabriel, el ya no existe!

—¡Estoy sufriendo Alba! ¡me torturan!

—No puedo ayudarte, ¡lo siento! —exclamo, Alba—. Tengo que irme, tengo que mira por mi, y por mi hijo… de verdad ¡lo siento!

Gabriel, suplico:

—¡No te marches Alba, nunca nos llevemos bien, pero, no me dejes aquí solo!

—¡Lo siento! —grito, Alba. Mientras daba la vuelta para irse de la capilla.

—¡Zorra vuelve! ¡no seas egoista! —clamo, Gabriel—. ¡Pronto estarás aquí con nosotros! (se referia a su marido, y a Blanca).

—Alba, desprendiéndo de sus ojos lagrimas, fue andando hasta la puerta. Recordando a su amiga Blanca, y a su marido.

Un impacto contra el suelo, provoca que Alba se gire a mirar. Es Gabriel, que cayo de la cruz, sin moverse un pelo.

Alba miró, y dijo:

—Lo siento.

Gabriel, dobla de una forma repentina la cabeza, y grito:

—¡Mas lo siento yo!

Con el cuerpo torcido, como el de un contorsionista, corre hacia Alba, meneando con movimientos erratico la cabeza, y con la lengua afuera, bramando:

—¡Estoy deseando de beber tu sangre! —grito con un tono de voz mas grave que a la de Gabriel.

Ella, intento abrir la puerta, pero era imposible, una fuerza mantenía la puerta cerrada, lo volvió a intentar de nuevo, pero nada, era absurdo, la puerta no podía abrirse, como si algo lo impidiera.

Gabriel, la agarra de la pierna tirándola al suelo, comenzó a lamerle con su lengua, dejando sus fluidos en la cara de Alba.

—¡Quita cerdo! —grito ella.

—Hija mia, te gustaba cuando lo hacíamos, ¿verdad? —La voz de Gabriel cambio a la de su padre.

Ella, mete sus dedos en los ojos de ese ser, hasta introducirle sus pulgares por completo en las cuencas de los ojos de <<Gabriel>>.

—¡Ah! ¡puta! —exclamo.

La sangre, caia encima de la cara de Alba.

—¡Iros al infierno! —grito Alba, mientras la sangre de ese ser, caia a borbotones en su boca.

Gabriel, se quito de encima de Alba, para situarse donde estaba la puerta de la capilla. Alba, en cambio, se dirigio al atril, alejandose de el.

El, cambio de forma, a un ser, que no era humano. Esa criatura provenia de otro mundo, o del mismísimo infierno. Tenia como un gato sus ojos, y su lengua viperina, llegaba casi al suelo.

Unos cuernos salían de su frente. Los pies eran garras, y sus dedos eran alargados y separados. Alba, que estaba contra el atril, chillo:

—¡¿Quién eres tu?! —su cuerpo temblaba del miedo que sintió al ver esa criatura frente a ella.

—¡Soy Samael! ¡el recolector de almas, dueño de este lugar! —dijo con una voz tenebrosa—. Pero, me llaman el <<veneno de dios>>.

Alba, inicio a orar, una plegaria a dios, de las pocas que sabia (por que no era muy creyente, pero su madre siempre le mandaba que rezara antes de dormir para proteger su alma), murmuro:

<<Por la señal de la Santa Cruz, de nuestros enemigos libranos, Señor, Dios nuestro. En el nombre del padre, y del hijo, y del Espiritu Santo. Amen. Oh, sangre y agua que brotaste del corazón de Jesús, manantial de misericordia para nosotros, en ti confio>>.

—El, no puede ayudarte, al menos, aquí, no —dijo, Samael acercándose a ella—. Ya eres mia, Alba, es algo inevitable (…)

Cuando se acerco lo suficiente a ella, de nuevo una luz emano del vientre de Alba. Haciendo que la criatura se distanciara, tapándose los ojos con sus grandes garras.

—Te queda poco tiempo, ese niño desaparacera, y ua no tendrás nada que me detenga —dijo, Samael—. Te arrancare durante toda la eternidad, cada extremidad, pero (…) —guardo silencio.

>>Si hacemos un trato, y me entregas el alma de tu bebe, podras irte en paz. Continuando con tu patética vida.

Alba, pensó un instante, y dijo:

—De que me sirve mi patetita vida, ¿si no tendre a mi marido, y tampoco a mi bebe? —expreso, Alba—. ¡Lo he perdido todo! ¡Jamas hare un trato con un ser tan ruin como tu!

Alba, se acerco a Samael, hasta arrinconarlo en la puerta, mientras que su vientre seguía dislumbrando con una luz blanca, y grito:

—¡Quizas yo no tenga salvación! ¡Mi alma, esta negra por mis pecados! ¡Pero mi bebe, es la luz que ilumina mi oscuridad, y que me guíara en mis trayectos mas sombrio! —expreso con orgullo.

—Te arrepentiras de rechazar mi trato, cuando tenga vuestras almas, entre mis garras.

Samael, atravesó la puerta, dejando un olor fuerte a Azufre.

IX

1942

—¡¿Dónde estoy?! ¿hola? —exclamo, Aitor.

Desperto en un lugar oscuro, con sus manos tocaba los lados de donde estaba, presentia que estaba encerrado en un lugar muy extrecho.

Nervioso, saco de su bolsillo el mechero (piensa que no va a funcionar por que cayo junto con el, en el agua). Por suerte, no fue asi, por que a la primera encendio. Aitor observo que estaba en una caja de madera, hasta que miro arriba, que se dio cuenta que era un armario, habia la típica barra donde se cuelga la ropa.

—¿Dónde diablos estaré? —cuestiono—. ¿Donde me habran llevado esta gente? (se fereria a los espíritus).

Aitor, se levanto, con la cabeza inclinada para no chocarse con el <<cielo>> del armario. Miro, que en la barra habia una foto colgada de un hilo, y la arranco para verla mejor.

—Es una foto mia, junto con mis padres...

En la foto aparece el cuando era pequeño junto con sus padres.

<<Que felices eramos aquí>> pensó.

Aitor intento abrir la puerta del armario, algo que fue inútil por que estaba cerrada, entonces grito:

—¡Hola! ¡¿hay alguien?! —pidió ayuda—. ¡Ayudarme!

En cuestión de milesima, la foto que tenia en su mano, entro en combustión, quemándole la mano a Aitor, que instante despues la suelta convirtiendose esa foto familiar en ceniza.

—¡Maldita sea! —Aitor, chupaba su dedo por la quemadura—, ¡sacarme ya!

Aitor empezó a escuchar unas voces, como si alguien estuviera discutiendo.

—¿Hola? ¡estoy aquí!

Pero, las voces que escuchaban seguían discutiendo cada vez mas fuerte, hasta que Aitor se percato, de que las personas que estaban discutiendo, eran sus padres.

—¿Mis padres? ¿Cómo? —el, ya supuso que es un juego macabro de los espíritus del pueblo.

La discusión de los padres de Aitor se acerco tanto donde estaba el, que en el armario sintió un golpe.

—¡Sacarme!

De nuevo, recibió otro golpe mas fuerte en el armario, pero, esta vez inicio a entrar arena desde arriba.

—¡De donde viene esta arena!

Aitor, dio un rodillazo en la puerta del armario, pero era ineficaz, por que no podía agarrar impulso para darle con fuerza. El, cada vez se desesperaba mas, viendo como la arena llegaba a la mitad del armario, cubriéndole hasta la cintura.

<<Tranquilo, seguro que son solo imaginaciones mias, provocada por ellos>> pensó.

La arena sin cesar, seguía rellenando el espacio vacio del armario, con Aitor adentro. Las voces de los padres discutiendo se alejaron, cada vez mas, hasta apenas escucharse.

<<Si no salgo de aquí pronto, me ahogare>> pensó.

Con el mismo mechero empieza a golpear el armario, provocando en sus paredes simples arañazos. De repente, la puerta se abre cayendo al suelo, echando su peso encima de la pierna herida.

—¡Ah! ¡mierda! Me olvidaba de la herida de la pierna.

Aitor miro su herida, al parecer ya no sangraba, pero tenia un color, que a Aitor no le gustaba.

Inspecionando a su alrededor, descubre que esta en su habitación. Tal como estaba cuando era pequeño. Unas cortinas con unos dibujos de anime, que a el, le encantaba, la corcha de su cama, era las tipicas corchas con dibujos de coches deportivos, y el escritorio de madera maciza.

<<Cuantos golpes me abre dado en el pie, con esta mesa>> recordó, mientras tocaba la mesa.

Abrio un cajon, y encontro una pelota de beisbol, con la que jugaba con su perro.

—Como disfrutaba con mi perro Rocky —dijo, añorando las cosas buenas de su niñez.

Un alboroto de platos rompiéndose en la planta baja, alerto, a Aitor. Sacandolo de sus recuerdos mas complacientes.

—¿Qué fue eso? —pregunto asi mismo nervioso—. Creo que vino de abajo…

Volvieron a comenzar los gritos de los padres de Aitor.

—Sin duda alguna viene de la planta inferior —afirmo.

Decide bajar a la planta baja, subio el tono de la discusión entre los padres, y aumentaba, el ruido de objetos frágiles rompiéndose contra el suelo.

—Creo que el escandalo viene de la cocina —dijo.

Efectivamente, en la cocina, los padres estaban apunto de matarse, o eso parece. Por que era muy común que tuvieran ese tipo de problemas cuando estaban ebrio.

Aitor, grito:

—¡Parar de una puta vez!

Los padres, quedaron congelados como figuras. Segundo despues, el padre lo miro, y dijo:

—Sube arriba cobarde, ¡encondete en tu armario! —exclamo, el padre.

—¡No! ¡ustedes me habéis amargado mi existencia! —grito, Aitor.

Su madre mira, y dijo:

—Vete a tu habitación mi niño, no quiero que te haga daño —tenia una sonrisa en su cara, como si todo fuera bien.

—Hazle caso a tu madre ¡vete! —clamo, el padre.

—y si no me voy ¿Qué?

—Si no te vas mira lo que hago (…) —agarro un cuchillo, fue donde su madre, y rajo su cuello.

—¡No! —Aitor, se lanzo hacia su padre.

—¡Tu me has obligado! —chillo el padre, dándole una puñalada en el estomago a Aitor—. Ahora, ¡vete a tu puto armario!

El padre empieza a reírse, la madre que esta tirada en el suelo desagrandose, con dificultad, dijo:

—Sube hijo mio, descansa.

Aitor, sube a su habitación, arrastrándose por los escalones, mientras intenta entaponarse la herida con su mano. Cuando llega a su habitación, se tumbo en la cama, mirando al techo.

—¡¿De esta forma voy a morir?! —grito, sin fuerzas—. ¡En manos de un espíritu con la apariencia de mi padre!

¡Uau…uau!

El perro de Aitor, entra en la habitación. Es un Pastor Aleman hermoso, con un pelaje muy cuidado.

—¡Rocky! ven aquí chico —dijo con un tono de voz muy débil.

¡Grrr! —gruñe Rocky.

—¿No me reconoces?

El perro, acerco el hocico, olfateando la mano de Aitor, manchada de su propia sangre. Empezo a lamerlo con tesón, hasta que le dio un bocado.

—¡Ah! ¡pero que haces bruto! —levanto Aitor, su voz, con la mínima fuerza que le quedaba.

Su propio perro salto encima de la cama, arracandole la yugular. El, intento quitárselo de encima, pero, estaba demasiado débil. Oye, tararear a su madre, la nana que siempre le cantaba a la hora de dormir, mientras que Aitor cierra sus ojos, siendo devorado por su propio perro.

Aitor, despierta despues de un suspiro prolongado, en un lugar oscuro.

—¡Donde estoy! —palpa con sus manos en derredor de el—. No puede ser…

Mete la mano en su bolsillo, y enciende el mechero.

—¡Estoy de nuevo aquí!

De nuevo estaba en el armario encerrado, mira arriba y encuentra la foto que habia de el con su familia, pero esta vez no la agarra, pero igualmente, comenzó a arder la foto.

<< ¿Qué ocurre?>> pensó.

Vuelve a escuchas a los padres discutiendo, cada vez mas cerca, hasta escuchar un golpe en el armario.

—¡Sacarme!

Empieza a caer la arena dentro del armario.

—¡No! ¡de nuevo no! —grito— ¡Os odio!

Una voz, igual que la de Aitor, dijo desde afuera del armario:

—¿Te imaginas?

<<Es mi voz>> pensó.

Aitor, respondio:

—¡Ayudame por favor te lo pido! ¡te lo suplico! —suplico, mientras la arena le cubria hasta el cuello.

—Pero, ¿te imaginas? —volvió a preguntar.

—¡Imaginarme el que! ¡maldito loco! —contesto cabreado Aitor.

—Estar condenado a cadena perpetua, muriendo una vez tras otra, por tu padre, y tu perro (…)

—¡No! ¡Sacame de aquí! —exclamo desesperado.

Como respuesta a las suplicas de Aitor, recibió la risa macabra de un espíritu impacible por los vivos.

Alba, despues de ahuyentar a Samael gracias a su bebe, vuelve al pueblo. Al fin tiene la llave, que podría ser la escapatoria del tramo.

Una vez en el pueblo, busca a Oliver, pero no lo encuentra por ningún lado. Entonces, decide ir a su casa, el ambiente sigue siendo caluroso, pero al menos ya no llovia. Los aldeanos no estaban por ningún lado, pero Alba sabe, que, en cualquier momento, pueden aparecer de nuevo e ir a por ella.

—¡Oliver! ¡¿donde estas Oliver?!

Alba, va a la habitación de Oliver. Donde encuentra a Oliver, que de nuevo tiene otra apariencia (mayor).

—¡Oliver! ¡ya tengo la llave!

Oliver, tiene un rostro apenado, como si estuviera pasando por un mal momento.

—Oliver, ¿Qué te ocurre? —pregunto.

—Nada…—respondio en seco, levantándose de la cama—. Te encontraste con…

—¿Samael? Si, pero no pudo hacerme nada —contesto—, De verdad, ¿es un demonio?

—Es quien controla este lugar, el fue quien me obligo a decir a que fueras por la llave —dijo, con un tono de voz deprimido—. Queria que te llevara hasta el…por que…

—Por que, ¿que? Dilo, Oliver —Alba, presintió que Samael estaba usando a Oliver, cosa, que le preocupo—, ¿Te esta usando verdad?

—Si, el quiere que yo fuera quien te llevara con los demas. En otras palabras, quiere que yo condene tu alma.

Alba, preocupada por lo que dijo Oliver, pensó:

<<A lo mejor no hay escapatoria, solo es una trampa mas>>.

—¿La puerta no lleva a la salidad verdad? Si no, a la muerte —cuestiono, Alba.

—Yo nunca dije que la puerta fuera la salida, es una oportunidad.

—¿Una oportunidad para que? —dijo Alba, con incertidumbre.

—Es una portunidad para la vida —respondio Oliver—. Samael, no puede matarte, ni nadie de aquí, solo yo, soy el único que su alma esta limpia de pecado, soy el único que puedo llegar a juzgarte, y condenarte.

>>Pero, tranquila, no sigo ordenes de nadie.

—¿Que ocurrira contigo? Y, ¿Por qué eres tan diferente a los demas?

—No todos somos iguales. Me condenara como un alma con pecados, y me torturara, toda una eternidad.

>>A partir de ahí, dejare de ser <<libre>>. Pero, a veces Alba, hay que sacrificarse por las personas buenas.

<<Todo esto lo hace por mi>> pensó, Alba.

Oliver sonríe, y dijo:

—Por ti, no, todo es por el —toco la barriga de Alba.

Alba, sintió lastima por Oliver.

—¿Por que no vienes conmigo?

—No puedo (…)

Alba, lo que no entiende aun, es por que Oliver crece tan rápido, y pregunto:

—¿Qué edad tienes ahora?

—Tengo veinticuatro años…

—¿Quien eres en realidad? Me confundes, por que no te veo como los demas, y cambias de apariencia, cosa que en los demas espíritus no lo he visto.

—No te preocupes por eso, solo soy un espíritu, como otros tantos, que murieron aquí injustamente.

>>Con la diferencia, que a mi no me parece bien lo que hace Samael, aquí, con los vivos. El es quien obliga a las almas condenadas a cometer esta barbarie.

—Y, ¿Por qué no se ponen encontra, como haces tu? —pregunto, Alba.

—Piensan, que de esa forma equilibraran el daño que les hicieron. Y para mi, es una injustia, igual o peor, que la que nos hicieron a nosotros… —respondio Oliver, con colera.

Alba, abrazo a Oliver, que tenia una estatura mayor que ella ya, eso si, bastante <<mono>> de cara. Como lo fue de pequeño.

—Quisiera ayudarte Oliver, de verdad que me gustaría.

—Alba, Tengo que decirte algo… —dijo, Oliver. Creando en Alba una gran intriga.

—Puedes decirme lo que quieras, confio en ti, te he visto crecer en unos días —Alba, situo sus manos en la barriga, mientras pensó:

<<He vivido el crecimiento de Oliver, me gustaría vivr el crecimiento de mi bebe>>.

Oliver, a escuchar los pensamientos de Alba, dijo:

—Sientate —Alba, se sento—. Tengo la apariencia de tu futuro hijo —sonríe.

—¡Como! ¡mi hijo! ¡eso no es posible! —Alba, no se lo creía.

—A ser un espíritu, soy capaz de ver el futuro, incluso de tener la misma apariencia de el.

<<Eso significa, que mi bebe es un niño, me gustaría que Aitor lo hubiera sabido>> pensó, mientras una lagrima resbalo por su mejilla.

—Lo se, sientes pena por tu marido —dijo, Oliver—. Pon la palma de tu mano —propuso Oliver, a Alba.

Alba, coloco su mano boca arriba, y pregunto:

—¿Qué vas hacer?

Oliver, entrego el anillo de su marido caer en su mano. Alba, lo mira, y cerro el puño, tragando con mucho trabajo saliba.

—Me lo dio Samael, para que te lo entregara a ti, una vez que tuviera tu alma atrapada.

—Pero, ¿Dónde estan ellos? (refiriéndose a su marido, y a los demas).

—Antes, de ver la luz, deberas pasar por la oscuridad.

<<No entiendo>> pensó, Alba.

—Ahora te toca vivir la oscuridad —dijo Oliver.

En las entrañas de su vientre, se origina una tortura que vuelca de dolor a Alba, siente como su barriga se retuerce dentro de ella.

—¡Ah! ¡Que me ocurre Oliver! ¡ah!

—Te ocurre lo inevitable.

La barriga de Alba, estaba plana como una tabla de planchar, y dura como la roca. Como si se estuviera consumiento a si misma.

—Estas perdiendo tu hijo —dijo Oliver.

Alba, del mismo dolor soltaba espuma por la boca, sus ojos se daban la vuelta, como si estuviera apunto de morir.

—¡Por favor ayúdame! ¡quitame este dolor!

—Yo no puedo ayudarte, tu, te has hecho esto, tu eres la culpable de que tu hijo este sufriendo —Oliver, acaricio el pelo a Alba—, Tus pecados, es la condena de ambos.

—¡Me duele mucho! —Alba convulsionaba en el suelo.

—Tu pecado es la avaricia, Aitor, la envidia, Gabriel, la sobervia, y Blanca, la lujuria.

>>No se dieron cuenta, pero estabais condenados, mucho antes de montaros todos, en el coche viejo de tu marido.

>>Antes de entrar en el tramo, vosotros ya estabais condenados…creo que es hora, que separ lo que ocurrió aquí con exactitud.

Oliver, agarro la frente de Alba.

Una luz, se aproxima a gran velocidad a Alba cegándola por completo.

<< ¿Dónde estoy? Por que ya no siento dolor en mi panza>>
—pensó, mirando a su alrededor—. Creo que es la habitación de
Oliver…

Alba, estaba en lo correcto, se encontraba en la habitación
de Oliver, pero intacta, como nueva. Como si no hubiera pasado
los años por esa casa. Tenia sus sabanas limpias puestas en su
cama. Las ventanas estan cubiertaa con unas cortinas de color
azul cielo sin ninguna mancha, y un escritorio sin rastro de polvo.

—¡Que hago aquí! —exclamo.

—Estas en mi casa, en 1942 —dijo, Oliver asomándose por
la puerta—. Ven conmigo al salón —añadio.

Alba, marcho al salón junto con Oliver, y pregunto:

—¿Qué hacemos aquí?

—Ahora lo veras, tranquila —respondio Oliver.

Empezo a escucharse unos gritos de un hombre.

—¡Oliver! ¡sal ya del baño, tengo que entrar!

De la cocina salió un hombre, vestido con equipamiento de
minero, con un bigote frondoso, y unos ojos pequeños. Con ca-
nas en su pelo, aun que no parece superar mas de los cuarenta
años.

—¿Quien es? Y, ¿Por qué no pueden vernos? —pregunto,
Alba.

—Es mi padre…—dijo triste—. Y estamos en un recuerdo
mio, no podran vernos.

De el baño, sale corriendo un niño pequeño, con la cara
muy <<salada>>.

—Supongo, que eres tu.

—Si —afirmo Oliver—, Tenia solo ocho años.

<<Entonces, es verdad que ahora tiene la apariencia de mi futuro hijo. Esto es un disparate>> pensó, Alba. Oliver sonrio.

Oliver, con esa edad, tenia unas cejas bastante grandes como su padre, y una barbilla que se rompia en dos, tenia unos ojos grandes, en eso, no se parecía en nada a el.

El padre se metio al baño, y la madre de Oliver sale de la cocina, una mujer hermosa, con un rostro que mostraba seguridad y valentía, y unos ojos grandes.

<< ¡Aja! En los ojos es igualita a su madre>> pensó, Alba.

La madre, cuando salio de la cocina. Dejo la puerta abierta, y un aroma a comida, impregno el salón.

—¡Que bien huele! —exclamo, Alba. Que estaba muerta de hambre despues de llevarías varios días sin comer apenas nada.

—Mi madre era una buena cocinera —dijo, Oliver.

El padre sale del baño, y dijo:

—Bueno cariño, me voy a la mina —agarro un pequeño maletin (donde llevaba la comida)—. Luegos nos vemos familia —agarro a su mujer de la barbilla para darle un beso.

—Amor ten cuidado, desde el accidente tengo miedo —dijo, la madre de Oliver.

—Tranquila, lo arreglaron todo, ahora estamos incluso mejor.

>>Mientras que el canario cante, todos contentos (usan el canario por si hubiera alguna fuga de gas, por ejemplo; El metano) —dijo, riéndose el padre.

Oliver, de niño. Se acerco con la cabeza agachada. Luego, miro a su madre, y pregunto con una voz dulce:

—¿Cuándo viene la abuela?

—Pronto estará aquí, yo me voy a la fabrica, tu esperará aquí, ¿vale?

—Si madre, eso hare —respondio el pequeño Oliver.

La madre de Oliver trabajaba en una fabrica de quimico, que contruyeron hace pocas semanas. Gracias a la fabrica, dio mucho trabajo a las mujeres que vivian por la zona.

Los padres marcharon cada uno a su trabajo. Oliver, se asomo a la puerta despidiendose de sus padres, mientras, una perra con sus cachorros salía a juguetear por el salón.

Oliver, miro a Alba, y dijo:

—Como ves, eramos una familia feliz (…) —agarro la mano de Alba—. Vamos a otro lugar.

Justo en el momento que agarro su mano, fueron a otro momento. Estaban en medio del pueblo, y era por la tarde, la fuente que daba tanto miedo estaba llena de vida, con los niños jugando con el agua que soltaba aquellos ángeles por sus bocas. Oliver jugaba con sus amigos con palos, como si fueran espadas. Eran pocos habitantes, pero rebosaba el pueblo de vida, a pesar, de vivir en condiciones duras.

<<Y yo, quejándome siempre de mi vida. Ellos con lo que tenían eran felices>> pensó, Alba.

—No hace falta tanto para ser feliz ¿verdad? —dijo Oliver, Alba no quiso decir ninguna palabra—. Vamos ahora a un momento de los recuerdos de mi padre.

—¡Espera! el espíritu de tu padre y tu madre, ¿han intentado también de matarnos?

—Si, ellos también estan atrapados en el pueblo. Mi madre fue quien te ataco en la capilla… —dijo, Oliver con tranquilidad—. Pero, recuerda, soy el único que puede condenar tu alma. Y no voy a condenarme haciendo el mal, si me condenan, que sea por hacer el bien.

>>Agarrate a mi mano, vamos a un recuerdo de mi padre.

Esta vez, estan en la mina de carbon. Alba, siente la angustia de estar encerrada, un agobio inenarrable. Ven al padre de Oliver sudando, picando el duro carbon. El canario cantaba, siendo inconciente del peligro que corre dentro de una mina.

—Por lo que veo, arreglaron la fuga en condición —dijo el padre de Oliver.

—Ya era hora que esos cabrones se preocuparan por nosotros (se referia a los responsables mandados desde Madrid) —expreso, con desagrado un compañero.

—El trabajo era duro, y peligroso, pero muy gratificante —afirmo, Oliver—. ¿Sabes por que? —añadio, preguntando a Alba.

—¿Por que? —contesto Alba, con duda.

—Por que cuando llegaba a su casa, sabia que habría algo de comer para su familia.

Agarro muy fuerte la mano de Alba, y dijo:

—Vamos a ver, el detonante de todo.

Estaban en el exterior, de la fabrica de químicos. Una fabrica enorme, con muchas personas esperando en la entrada. Ahí mismo, esta Oliver de niño esperando a su madre, junto con su abuela (la señora mayor que vio Alba en el sofa).

—Ven conmigo Alba —dijo, Oliver—. Esto fue lo que provoco el caos —señalo, a un conducto.

>>Todos los residuos iban al lado, eso, enveneno nuestro pozo.

—¿Eso os mato a todos? —pregunto Alba.

—El verdugo fue la irresponsabilidad, que posteriormente provoco la ira, y que continuo con la venganza.

>>Mi madre trabajaba bien, ganaba mucho dinero en la fabrica, la mayoría, eran mujeres de nuestro pueblo, y de otros pueblos del alrededor.

>>El problema fue que los residuos que acabaron en el lago, se filtraron en el pozo. Como leíste, dijeron que todo estaba bien…

Oliver, agarro el brazo de Alba, y dijo:

—Te voy a llevar, a la noche, que ocurrió, una, de tantas tragedias.

Volvio a llevarla a su casa, el llanto de Oliver cuando era pequeño, resonaba por toda la casa.

—¿Qué ocurre? —pregunto Alba.

—Vamos a la cocina —contesto Oliver.

En la cocina estaba la familia al completo. Oliver, en cuclilla lloraba a su perra que estaba muriéndose.

—No entiendo, si estaban bien —expreso el padre de Oliver, acariciando a los cachorros que también estaban debiles.

—¿Los habrán envenedado alguien? —sugirió, la madre de Oliver.

—¡No por dios! — exclamo, el padre—. Quien en el pueblo nos podría hacer eso, es imposible.

Los cachorros, gimoteaban junto con su madre. Y Oliver, no paraba de llorar.

—Esto es solo el principio, ahora veras —dijo Oliver, agarrando la mano de Alba.

Era una tarde soleada, estan de nuevo junto la fuente, la única diferencia, que el agua ahora no circulaba, y que todo estaba en silencio, no se escuchaba los chillidos de los niños jugar, ni las risas de los padres.

La calma, que se adueñaba del pueblo, fue corrompida por los gritos de un hombre, que salió de su casa gritando:

—¡Esta muerta! ¡esta muerta! —entre sus brazos tenia una hermosa.

Algunos vecinos salieron. Alba, se percato de que habia menos personas en el pueblo.

—¡La han envenenado! —clamo furioso el hombre con su niña en brazo.

Una vecina, de las que se asomo, dijo:

—¡Mi hijo también se halla enfermo!

Otro vecino, gritaba que la leche que daba su vaca, era amarga.

—Algo estaba pasando —dijo Oliver. Alba tenia cara de asombro.

Oliver, llevo a Alba a otro recuerdo, pero, era en ese mismo dia, solo que era de noche cerca del lago. Observan como entre los arboles, sale el hombre que vieron por la tarde llorando.

Esta metiéndose en el lago con una gran pena encima, y su niña en brazo.

<<Esto fue lo que me conto Aitor. Estamos en el recuerdo de ese pobre hombre>> pensó, Alba.

Ella, quiere ayudar al hombre, pero Oliver la detiene.

—El, ya esta muerto, no puedes hacer nada —dijo Oliver—. Mejor veamos lo que ocurrió a la mañana siguiente (…)

Esta vez, es Alba, quien agarra la mano de Oliver. Tiene interés de saber todo lo que ocurrió.

La lleva a la mañana siguiente en el pueblo. Hay un hombre que viene en nombre de Franco, a calmar a los vecinos de aquel pequeño pueblo. Un señor con bigote, y gafas, con una panza enorme. En su mano llevaba una libreta, donde apuntaba en ocaciones algo.

—¡Tranquilos! ¡todo esta bien! —el hombre iba acompañado de varios guardias civiles.

Pero, la muchedumbre estaba furiosos con el trato que estaban recibiendo.

—¡Esa fabrica esta envenenando nuestros pozos! —dijo, el padre de Oliver—. ¡Estan matando nuestros animales!

El gentio querian atacar al hombre, pero, la guardia civil no lo permitieron. Apuntaron con sus armas a los lugareños, y gritaron:

—¡Quien se acerque! ¡recibira un tiro!

El hombre panzon, quiso poner algo de calma, y dijo:

—Seguro que hay otra explicación, la fabrica es cien por cien segura, hemos hecho pruebas al agua de vuestro pozo, y es potable.

De repente, todos quedaron congelados. Oliver se situo frente a Alba, y dijo:

—Nos engañaron como paletos.

—¿Por qué no se fueron? —pregunto, Alba.

—¿Dónde? si despues de la guerra, para los pobres solo habia hambre.

<<Yo quejándome de mi vida, con la injusticia que vivieron estas personas aquí>> pensó, Alba.

—Te voy a llevar al dia que murió mi padre —toco su hombro.

Alba, sintió un calor extremo. Oliver, la habia llevado de nuevo a la mina.

—Ese dia, trabajan por la noche, aun asi, existía un bochorno inusual en el interior de la mina —explico, Oliver.

El padre de Oliver, a pesar de el calor, esta entre risas con varios compañeros.

—¡Anda! Enciéndete un cigarro — dijo, el padre de Oliver.

El compañero, mas corpulento que el, saco de su bolsillo el paquete de tabaco. Pero, antes de encenderlo escucharon un grito de uno de los que estaba dentro de la mina, que grito:

—¡El pájaro a muerto!

—¿Qué dice? No me entero de nada (por el ruido que habia dentro de la mina)

El padre de Oliver se acerco a mirar el pájaro (estaba erguido como un palo, muerto).

—¿Es posible que se haya envenenado por el agua? —dijo, el compañero.

Cuando el padre de Oliver, miro atrás. Vio como el compañero encendia el cigaro, exclamo:

—¡No! ¡quedate quiero!

Pero fue demasiado tarde. Lo habia encendido, y dijo:

—¿Que ocurre?

—¡Apagalo puede que haya una fuga de metano!

Hizo caso al padre de Oliver, tiro el cigarro contra la roca, saltanto varias chispas, una llamarada salió disparada al exterior. Alba, se cubrió la cara.

—No te preocupes, no puede pasarte nada —dijo, Oliver.

Alba, vio como los mineros salían ardiendo, incluyendo al padre de Oliver, que se arrastraba, abrasado por completo. No gritaba, solo se arrastraba, y repetia una y otra vez:

—Donde esta mi mujer, y mi niño, donde estan…

Los vecinos que escucharon la gran exploxion, salieron con cubos de aguas, para echárselos por encima a los mineros, que estaban achicharrados vivos.

Algunos gritaban de dolor, otros solo se quedaron quietos agonizando, y varios, no llegaron a salir. Aquella noche, el padre de Oliver murió.

El incendio en la mina, perduro durante toda la noche, provocando una humarea inmensa en el cielo, donde no se llegaba a ver la luna en el cielo, solo oscuridad.

Alba, pregunto:

—Tu, ¿Cómo moriste?

—Dame la mano, y lo veras.

Oliver, la traslado a una mañana, al baño de su casa.

Donde esta el de pequeño vomitando, tenia la cara azulada. La madre lo lleva a la cama, llama al medico. Pero, le dan la mala noticia de que el medico murió la noche anterior, incluido varias personas mas.

La abuela le preparo un remedio casero a base de hiervas silvestres, y dijo:

—Tomatelo mi niño, con esto te pondrás bien.

El pequeño Oliver se lo toma, pero le cuesta tanto tragar que se le derrama por los labios. La abuella, agarra del brazo a la madre de Oliver, y la saca fuera de la habitación.

—Estamos cayendo como moscas, han muerto ya varios vecinos —dijo, la abuela—. Hija, no creo que tu hijo supere esta noche.

La madre de Oliver comenzó a llorar.

—Esa misma noche mori…—dijo, con angustia Oliver—. Y mi madre ejecuto, lo que cualquier madre haría —añadio.

—¿El que? —pregunto, Alba.

—Vengarse (…) —dijo Oliver, con pesadez—. A la mañana siguiente, provoco un incendio en la fabrica.

>>A mi madre la atraparon, y la retuvieron en la casa.

—Voy a llevarte al ultimo recuerdo de mi madre —agarro la mano de Alba.

Estan justo en el mismo lugar, solo que era de noche. En el sofa, estaba la madre de Oliver tumbada mientras lloraba.

En la puerta se escuchaba unas voces, y la sombra de alguien. Alba, miro por la ventana, y dijo:

—Son dos guardias civiles…

—En la fabrica se usaba productos químicos para arma —explico, Oliver—, La consideraron como una enemiga de la patria, pero la realidad es otra…

Unas voces muy fuertes restallan en la puerta de la casa.

Entraron los dos guardias, gritando:

—¡Vamo fuera! ¡fuera! —sacaron a la fuerza, a la madre de Oliver.

En el exterior estaba también su madre (abuela de Oliver), y varios vecinos. Un comandante de la guardia civil, delgado y alto, dio una breve orden:

—¡Llevaros a todos a la capilla!

Alba, junto con Oliver, sigue la columna de personas. El cielo, estaba nublado, apunto de llover.

—¡Venga todos! << ¡Al paredon!>> —grito, uno de los guardias civiles. Todos, incluso la madre y la abuela de Oliver, se pusieron mirando contra la pared.

De la capilla salió el cura gritando.

—¡Que estais haciendo! ¡esto es la casa de dios!

—Tenemos ordenes, son los causantes del accidente en la fabrica —explico, el comandante—. Mejor que te metas dentro.

—¡No! ¡eso es imposible, son trabajadores! —exclamo—. ¡Somos gente de bien porfavor! —añadio, suplicando.

El comandante ignoro lo que dijo el cura, y ordeno:

—¡Preparen sus armas!

Alba, sentía una gran impotencia, por no poder hacer nada. Incluso Oliver, cerraba el puño.

—¡Apunten!

El cura se puso delante de los guardias civiles con la biblia en la mano.

—¡No lo hagáis porfavor! —dijo, el cura.

En aquella pared blanca, habia mas de veinte personas, hombres, mujeres, y niños.

—¡Disparen!

Los guardias civiles que estaban en fila, dispararon sin discreción. Arrebatando la vida de todas esas personas de una forma injusta. El cura, infortunadamente, quedo envuelto en una lluvia de balas.

En milesima de segundos, arranco a llover a <<cantaros>>.

Alba, contemplo el cielo, observando la luna, que tenia un color rojizo, y expreso con dolor:

—Malditos…

Oliver, congelo la escena, y dijo:

—No los mataron por traiccion, fue por que sabían, que llevaban la razón. Fueron envenenadas sus aguas, animales, y seres queridos.

>>Y eso es un secreto, que jamás debia salir a la luz —explico, Oliver.

—Oliver y, ¿lo del accidente de tu padre? ¿tambien tienen culpa ellos? —pregunto Alba.

—De eso, solo el destino fue culpable. El trabajo en la mina siempre es peligroso —explico Oliver, mirando el cuerpo de su madre desangrándose.

>>Volvamos, ya es la hora.

Oliver, toco la frente de Alba.

X

Renacer

Ahora, estan es la mismísima puerta de la mina. El ambiente esta cargado con un olor a azufre que no se puede apenas aguantar. La temperatura sigue siendo alta, y el cielo esta tan oscuro como siempre, como si el tiempo se hubiera pausado en el tramo.

Oliver, abraza a Alba, y dijo:

—Es hora de que te marches.

Alba, agarro la mano de Oliver.

—Muchas gracias —dijo, agradecida Alba.

—No hace falta que me lo agradezcas. Salva a tu hijo, es lo mas importante para mi —contesto Oliver, siendo modesto.

Alba, saca de su bolsillo la llave. Y se acerco a la puerta para introducirla en la cerradura. Cunaod giro la llave, un temblor hizo vibrar la puerta, mientras que de los bordes caian ceniza mezclada con carbon.

Cuando empujo la puerta, una bocanada de aire húmedo salió a gran velocidad, levantando el pelo de ella.

<<Uf…que olor a humedad>> pensó, Alba.

En la mina la visibilidad es nula, y no tenia nada con que iluminarse Alba, con incertidumbre, pregunto a Oliver:

—¿De verdad tengo que entrar ahí? —se dio la vuelta preguntarle a Oliver—. ¡Me voy a matar, no se ve nada!

—Tu confias en mi, entra —dijo Oliver, muy seguro de sus palabras.

Ella, confio en Oliver, y se adentro en la mina, sin saber lo que le esperaría adentro. Justo a la derecha de la entrada, vio algo que le llamo la atención. Una jaula con un pájaro dentro carbonizado.

<< ¿Sera el pájaro que murió en los recuerdos del padre de Oliver?>> pensó, quedandose con la duda.

No dio mas de tres pasos, cuando Oliver, dijo:

—Te hice ver a tu hijo crecer, por un motivo —mientras lo dijo cambio a su verdadera forma—. Ojalá, elijas la opción correcta —Oliver, abrió las palmas de sus manos, y la puerta se cerro por si sola.

—¡Oliver a que te refieres! —exclamo—. Vaya, ahora me deja aquí a oscuras, que bien —dijo, con sarcasmo, intentando de abrir la puerta.

>>Bueno, seguire a ver hasta donde llega esta mina —añadio.

Era imposible ver algo en la mina. Camino, sin separarse de la pared para poder guiarse. Existia una brisa en el ambiente que no le gustaba nada, por que el olor, le recordaba mucho al azufre. Un olor olor que desprendio Samael cuando huyo en la capilla.

De golpe, sin previo aviso, una luz se aproxima, acompañándolo el ruido.

—¡Que es eso! ¡¿un vagon?! —grito, asustada.

Alba, cierra los ojos. Al ver que no paso nada, los abrió. De repente como por arte de un mago, todo estaba iluminado con antorchas.

A los lados habia unas puertas reforzadas, con unas aberturas (identico al lugar donde Gabriel estaba encerrado). Ella, miro atrás, pero ya no existía la entrada de la mina, solo un pasillo largo, que parece ser interminable.

No le quedaba de otra que seguir andando por aquel pasillo. Hasta que vio en una de las puertas, una mano sacada por la ranura de la puerta.

—Mm… ¿Qué es eso? —dijo, mientras afinaba la vista para ver mejor—. ¡Es una mano!

Con agilidad, Alba se acerco a observar quien podía ser.

—¿Hola? —toco la mano—, disculpe.

<<Parece una mazmorra>> penso.

Ella supuso que estaba muerto, pero, volvió a intentarlo.

—¿Dónde estamos? ¿me puedes ayudar? —no reaccionaba, y la mano tapaba la rendija, por culpa de ello, no se podía ver el rostro de esa persona.

Despues de un segundo, el hombre se animo a hablar.

—¿Me puedes ayudar? —dijo el hombre con una voz apagada.

—¡Donde estamos! —exclamo Alba, ignorando la pregunta del hombre.

Aquella persona saco la mano de la abertura de la puerta, y se alejo un poco. Alba, se asomo por la ranura.

Viendo a un hombre, con los pelos largos, que tapaba casi toda su cara.

—¿Dónde estamos? —Pregunto Alba, por que se dio cuenta que donde estaba, no parecía nada en una mina, mas bien a una cárcel bajo tierra.

El hombre, se acerco acelerado, y chillo:

—¡En el infierno! — mostrando su cara, con unos ojos enloquecidos.

Alba se lanzo hacia atrás, dándose un golpe fuerte en la espalda. Por que la sorpresa, no fue por lo que dijo el señor, si no por que el hombre que estaba dentro era su padre.

—¿Papa? —pregunto ella con sospecha.

Pero el padre no la reconocia.

—¿Eres tu papa? —volvió a preguntar.

Metio la mano para apartarle el pelo de la cara, y dijo:

—Si, eres tu (…) —quedo asombrada.

—¿Quién eres? —dijo el—, no te conozco…

—Eres mi padre —afirmo—, ¿no te acuerdas de tu hija? ¿De quien hiciste sufrir?

Con una voz ronca, y grave, el padre dijo:

—Claro que me acuerdo de ti, mi <<putita>> (es la voz de Samael).

Cuando reconoció la voz de Samael, salió corriendo por el túnel buscando una salida. El olor a azufre cada vez era mas fuerte. Y de las celdas resurgio gritos de socorro, de las almas que estaban condenadas al fuego eterno.

—¡Alba!

El grito, hizo parar a Alba en seco.

<<Esa voz… la conozco>> pensó.

—¡¿Eres tu Gabriel?!

—¡Si, soy yo!

La voz venia de una puerta mas atrás a la derecha. Ella, se aproximo, y vio a Gabriel en un estado desastroso.

—¡Sacame de aquí Alba! ¡me estas destrozando!

Samael, aparece atrás de Gabriel, y dijo:

—Tic, tac, tic, tac.

Gabriel no lo escucha por lo que parece, pero ella, contempla la cara de esa criatura que la pone de los nervios.

—El tiempo se acaba Alba —dijo, Samael.

Gabriel, que observa a Alba nerviosa, dijo:

—¿Que te ocurre?

—Nada, nada, lo siento, pero me tengo que ir.

Alba, se echo a correr, mientras escucha los gritos de desesperación de Gabriel.

—¡Sacameeeee de aquí! ¡no te vayas!

Los ojos de Alba ardían, sentía un ardor ¡colosal! Y el calor aumentaba en aquel túnel. El sudorm le caia por su jersey como si se tratata de un dispensador de refresco.

<<No aguanto este calor>> se dijo a si misma.

El pasillo se estaba convirtiendo en un infierno. No solo por el calor, si no, por que era interminable, solo habia puertas y mas puestas, con las almas de cientos de personas pidiendo auxilio.

—¡<<tia>> soy yo!

—¿Blanca? —Alba, dio la vuelta, para fijarse en una de las aberturas. Que asomaban unos dedos inquietos.

—¡Si aquí!

Rapidamente Alba se acerco.

—Escapa <<tia>>, mira solo por ti. —dijo, insistiendo Blanca.

Estaba delgada. Casi esquelética. Con yagas por todo su cuerpo, como si le estuvieran pinchando con un hierro incandescente.

—¡No puedo dejaros aquí, se me hace muy difícil!

—¡Mirame! ¡no pienses en nadie! ¡ni en tu hijo! ¡solo mira por ti, entiendes! —exclamo Blanca—. ¡Sal de aquí, y vive!

>> ¡Elige la opción correcta! Yo me meresco esto, pero, ¡tu no! ¡fuera!

>>Solo queria ver una vez mas a mi amiga (…)

>> ¡Fuera! ¡Fuera! —reitero.

Alba, miro a su izquierda, llegando a ver a Samael acechándola.

—Nos volveremos a ver algún dia amiga —dijo, Alba.

—Espero que no…no quiero verte sufrir (…)

Alba se despidio, tocando el rostro de su amiga. Empezo a correr de nuevo por el pasillo, mientras escuchaba los lamentos que hacían eco en el túnel.

Miro atrás, por si veía a Samael que la siguiera, pero, no estaba por ningún lado.

<<A que esta jugando>> pensó.

Despues de unos minutos corriendo, cuando paso por al lado de una de las puertas. La voz de su marido llamo la atención de ella.

—¡Tesoro! —exclamo, Aitor. Desde dentro de una de las celdas.

—¡Cariño! —Alba, se acerco a la abertura de la puerta—. ¡Tu no mi amor!

—Amor tranquila, ven acércate… —Alba se acerco—. Quiero que me des un ultimo beso.

El marido puso la boca en la ranura de la puerta. Cuando ella le beso, sintió que estaban caliente, casi quemaban.

—Tienes que irte amor —dijo, Aitor. —Piensa en tu hijo, no piense en nadie mas, solo en tu hijo (…)

>>El no tiene la culpa de esto cariño. Tu solo piensa en el amor.

—Si, lo cuidare mi vida —respondio Alba.

—Ahora vete…

—No quiero dejarte aquí —replico Alba.

—Si no lo haces condenaras tu alma, y la de nuestro hijo —explico Aitor—, No te sientas culpable, es por nuestro hijo.

Alba, cayo en ese momento, y pensó:

<< ¿Como sabe que es un niño?>> pensó, quedandose inquieta.

—Que ocurre tesoro…

—Tu no eres mi marido (…)

Aitor cambio de forma, convirtiendose en Samel mientras reia de una forma macabra. Y luego, exclamo:

—¡Hace mucho que no me besaban de esa forma, ja, ja, ja!

—¡Maldito! —clamo, Alba.

Movida por el pánico, salio con presura corriendo por el túnel sin mirar atrás. Has encontrar por fin a un punto, que era algo diferente a lo anterior.

Llego a una división del túnel, en el centro habia un muro con dos carteles viejos. En uno ponía:

<<Avaricia>>.

Y en el otro:

<<Resurgir>>.

<<Que hago ahora>> pensó Alba.

De pronto, en medio de un humo amarillento (con olor a azufre), aparece Samael.

—¡Dejame de una maldita vez!

—Ahora es tu momento Alba. ¿Que eliges? —pregunto Samael.

—¿No me vas a matar? —pregunto con desconfianza ella.

—Aun hay vida en tu interior —dijo Samael—. No puedo ni tocarte…aun que lo desee.

—Entonces, ¿dejas que me marche?

—Si —afirmo Samael.

—¿Dónde lleva cada túnel?

—A tu destino.

—Pero, ¿Cuál es ese destino?

—Eso lo sabras, una vez, que estes dentro.

Alba, tenia dos opciones, avaricia o resurgir. Tenia claro que no iría por el camino de la avaricia. Por culpa de ello, quedo atrapada en aquel lugar.

Sin decir nada, y con la cabeza agachada, escogio el camino donde ponía en el cartel; <<resurgir>>.

<<Espero no arrepentirme>> pensó.

Cuando estaba a varios metros de distancia, Samael, dijo:

—Nos veremos pronto Alba —con un tono de voz grave.

En ese mismo instante, la oscuridad se adueño de nuevo del túnel. Ya no se llegaba a ver nada. Hasta que una pequeñña ñuz, emano en la lejania del túnel.

—¡¿Qué ocurre?!

Una voz en la cabeza de Alba, dijo:

<<Gracias por todo>>.

—¿Quién eres? —esa voz no llego a responder a Alba.

La luz era es cada vez mas fuerte. Alba, se cubria los ojos con sus manos mientras andaba al origen de aquella luz. Pero, llego un momento que la luz era tan fuerte, que era imposible cubrirse de ella.

Un fogonazo, como si se tratara del flash de una cámara, cego a Alba por completo. Luego, de una manera gradual, perdio la conciencia.

—¡Alba! ¡despierta tesoro! —exclamo Aitor.

—¡Ah! —bofeteo Alba, a Aitor. Llevandose un susto de infarto—. ¡Donde estoy!

—Tranquila <<nena>>, estamos en una gasolinera —explico Blanca—, Te quedaste dormida.

Aitor, frotándose la cara del golpe que le propino su mujer, dijo:

—Empezaste a agitarte, por eso mismo te desperté.

Alba, estaba extrañada, hace un momento estaba en un lugar alejado de la mano de dios. Ahora, de nuevo estaba con su marido, y su amiga.

<<Que extraño… ¿fue una pesadilla?>> pensó Alba.

Ella, noto que faltaba Gabriel.

—Y Gabriel, ¿Dónde esta?

—Fue al baño —contesto Aitor—, mira, ahí lo tienes —añadio, señalando como Gabriel Sali del baño de la gasolinera.

>> ¿Qué esta haciendo? —pregunto Aitor, viendo como su amigo estaba curioseando en el escaparate de la gasolinera.

—Estara mirándose en su reflejo el presumido, ja, ja, ja —sugirió Blanca, riéndose—. Por cierto <<tia>>, ¿Qué estabas soñando?

—No nada, solo que me perseguían, y que no podía escapar —respondio ella.

—<<Tia>>, ¡¿te conte aquella vez que en un callejon me intentaron echar una manta encima para secuestrarme?!

—Si…si —Alba, estaba viendo como Gabriel vino a paso ligero hasta entrar en el coche—. ¿Que te ha pasado? —pregunto.

—No, nada, nada —respondio Gabriel.

<<Que raro, esto lo he vivido yo>> pensó, Blanca.

Blanca, dio un grito tan fuerte que asusto a todos.

—¡Ah! ¡una araña! ¡una araña! ¡quitármela! —grito Blanca, mientras Alba pensó:

<< ¿Estoy viviendo lo que vivi en mi pesadilla?>> pensó, Alba.

Gabriel, intento ayudar a Blanca, pero solo consiguió darle un buen golpe en sus muslos. Despues de intentar aplastarla contra el suelo del coche sin exito, logro escapar.

Blanca, bajo del coche, y Aitor, se ofrecio a cogerla. Ya que Blanca no se queria montar en el coche con esa cosa dentro de el.

—Seguro que está en el maletero —dijo Aitor.

<<Nunca llego a coger la araña… ¿sera una premonición?>> se dijo a si misma. Recordando que, en el tramo, la araña volvió a asustar a Blanca.

—Te siento extraña Alba —observo Gabriel.

—Todo esta bien —sonrio de una forzada.

Blanca, monto de nuevo en el coche, y Aitor también.

—Bueno, ¡ya nos podemos ir!

Encendio el motor del coche, y entro de nuevo a la autopista A-7.

Alba estaba inquieta. Cogio de la guantera del coche una cuerda, y empezó a hacer nudos mientras susurraba:

<<uno, dos, tres…uno, dos, tres>>.

Aitor, de reojo miro a su mujer.

Ella estaba deseando de llegar al punto donde estaba el accidente.

—¿Que ocurre? ¿estas nerviosa? ¿te duele el vientre? —
acribillo de pregunta Aitor a su mujer.

—No de verdad Aitor, estoy bien —Alba, toco su vientre
(que estaba como siempre), y beso la mejilla de Aitor.

—¡Buah! ¡Que asco de enamorados! —exclamo Gabriel.

Blanca rompe a reir, y dijo:

—Ya te digo <<tio>>.

Apunto de llegar donde estaba el accidente. Percibio Alba,
la ausencia de aquel infortunio contratiempo.

<<No entiendo nada>> pensó ella.

Cerca de donde estaba el accidente, dijo Alba:

—Que raro, no hay ningún accidente.

—¿Como dices? ¡gracias a dios no hay ningún accidente! —
exclamo Aitor—. Creo que la pesadilla te ha afectado.

Justo en ese instante, un caminon cisterna los adelanta por
la izquierda, tocando la bocina. Provocando que Aitor se sobre-
saltara.

—¡Gilipolla! —clamo.

Gabriel principio a reír, acompañandolo Blanca.

—¡Ja, ja! ¡que risa! —exclamo Aitor con ironia.

Alba, mira el enorme camio.

<<Es el mismo que el de mi pesadilla>> pensó Alba.

Un chirrido, avisa a todos de que algo va mal. Cuando miran al frente, ven como el camion va dando tumbo hasta volcar-
ce. Aitor, intenta frenar.

—¡Frena! ¡frena! —grito Alba.

—¡Eso intento! —respondio Aitor.

—¡Ai no…no! —chillo Gabriel.

Era demasiado tarde. Aitor no consiguió frenar, entrellandose contra el camion cisterna.

Alba, pierde la conciencia…posteriormente, despues de un rato, abre los ojos. Encontrandose a Gabriel tirado en el suelo, en una posición antinatural (recordándole al momento que fue atacada por Samael en la capilla del tramo).

Blanca habia salido disparada por la luna del coche, estaba a su derecha, con cristales en el rostro clavado (sin vida). Aitor, se ubicaba a unos pocos metros de ella, tirado también en el suelo. Colocándose las manos en el estomago (estaba perdiendo mucha sangre).

Ella, se arrastro por el suelo, miro que tenia una herida en el muslo, y que estaba perdiendo mucha sangre. Fue a arrastra hasta su marido. El, con una voz tenue, casi apagada, dijo:

—Lo siento amor, no he podido parar (…)

—Shh… —Alba, con el dedo índice de su mano izquierda hizo callar a Aitor—. Es un niño cariño…es un niño.

—¿Cómo lo sabes? —dijo temblando Aitor.

—Solo, confía en mi.

Aitor, cierra los ojos, dando un ultimo suspiro (…), Y Alba, vuelve a desmayarse.

Pi…pi, pi…pi…pi, pi.

Alba, escucho los pitidos típicos de una maquina que estaba midiendo sus constantes vitales. Abrio los ojos, y vio a la izquierda de ella un pequeño monitor.

—¿Dónde estoy? —pregunto Alba, con una entonación de voz endeble.

Un medico que estaba a su izquierda, dijo:

—¡Estas perdiendo mucha sangre! ¡aguanta! —Alba, ojeo la parte interior de su muslo. Sintiendo la presión de las manos del medico intentando taponar la herida.

<<Estoy en una ambulancia>> pensó ella.

—¡Tenemos que llevarla rápido al hospital, y sacarle al bebe! ¡rapido! —exclamo el medico.

Con su mano manchada de sangre, agarro al medico, para decirle algo en su oído.

—¡Calmese! ¡intentamos salvarla!

Pero Alba, sabia que no saldría con vida, y reclamo:

—Darme un papel.

—¿Como? —no la entendio el medico (por que hablaba muy bajo)—. Repite porfavor —añadio.

—Darme un papel…y algo para escribir (…)

El medico era consciente que era difícil salvarla, tenia una herida en su muslo de mas de quince centímetros, y bastante profunda.

Entrego a Alba un papel, con un bolígrafo que saco de su bolsillo. Ella, escribió algo en el, dándoselo de nuevo al medico.

Cuando agarro el papel, el medico leyó en el:

<<Mi hijo, quiero que se llame Oliver, y en mi tumba, quiero que ponga…>>

Alba, cerro los ojos.

¡Piiiiiii…!

El pitido indicaba que el corazón de Alba estaba fallando.

—¡Parada cardiaca! —exclamo el medico, guardando el papel en su bolsillo delantero sin terminar de leerlo— ¡Estamos perdiéndola! ¡desfribilador!

Coloco los electrodos en el pecho descubierto de Alba.

—¡Uno, dos, tres! ¡apartarse! —exclamo, a la enferma que estaba alzando las piernas de Alba (para que no perdiera tanta sangre). Para luego, pulsar un botón de color naranja.

¡Pi… pi… piiiiii!

A la primera no consiguió reanimar a Alba, entonces, el medico de nuevo quiso volver a intentarlo, y grito:

—¡Otra vez! ¡uno, dos, tres! —Repitio el proceso.

¡Pi…piiiiiiiiiiiiiiiiiiiiiiiiiiiiiiiiiiiiiiiiiiiiiiiiiiiiii!

Veinticuatro años despues, en un cementerio de Murcia.

—Alba, eligio la opción menos egoista. A pesar de la tentación, no se dejo llevar por la avaricia esta vez.

>>Eligio el camino mas duro, aun que eso, la guiara hacia su muerte.

>>Pero, gracias a ello, su hijo <<vivió>>. Si hubiera eligido el otro camino, ahora estaría viva, y seria ella quien estuviera visitando la tumba de su hijo, y su marido.

>>Como le dijo Alba a Samael; << De que me sirve mi patetica vida, ¿si no tendre a mi marido, y tampoco a mi bebe?>> —dijo Abel, sentado en la entrada del cementerio, observando al hijo de Alba llorando frente la tumba de su madre.

—Que nadie me juzgue, yo soy como Caronte. Solo guio y transporto almas pecadoras al inframundo, aun este se haga llamar muerte, es mi oficio, mi condena.

>>El pequeño Oliver, fue el único que saco provecho de la decisión de Alba, por que ahora vive la vida, que tanto anhelaba.

Oliver, mientras limpiaba la tumba de Alba, leyó la inscripción que habia escrita en la placa:

<<En el cofre de la avaricia. El diablo yace dentro>>.

FIN